你是誰

都市傳說 第二部 6

笭菁——著

你是誰？你是誰？你是誰？
你是誰？你是誰？

你是誰？你是誰？
你是誰？你是誰？你是誰？

都市傳說　第二部 6：你是誰

楔子

鏡頭些許晃動，伴隨著肉色的指頭，人影終於退後到看得見的位置，是個普通的男大生，頭髮長度觸及耳上，是該去理短了。

他再三確認鏡頭的位子是對著浴室裡的鏡子後，轉身去架設另一台手機，刻意使用雙鏡頭，腳架各據左右兩邊，角度都是自斜後方取景，可以拍到人的側半身與鏡子，不管是人或是鏡子裡的神情都能捕捉到。

男孩轉向右後方的手機，湊近瞧著。

「哈囉，再一分鐘就要開始了喔。」螢幕上飄過一堆怒的圖案，他正在直播。

「喂，你眞的要做喔？」看不見的地方，傳來女孩的聲音，不過可以從鏡子裡看見反射，有隻女孩的手抵著浴室的門框，「那不是很像自找麻煩嗎？」

鏡頭的男孩顯現不耐煩的轉往門口，「妳不要吵啦，我就是在實驗啊！已經開始直播了，不要鬧！」

他邊說，一邊動手把浴室的門關上，趕女孩出去。

「這種事沒必要實驗吧？想紅也不是這種方式……喂！趙文凱！」女孩不爽的在門外拍著門，「趙文凱！」

喀，趙文凱按下喇叭鎖，重新走回鏡子前。

他就站在洗手台前，再次確認另一台相機是否開始錄影，然後往右後方回頭，看著直播鏡頭。

「大家好，我是趙文凱，都市傳說社的大三新社員，我即將要來親身試驗『你是誰』的都市傳說。」他禮貌的向鏡頭輕微鞠躬，「為期三十天，等我試驗完如果一切平安，我希望有一張集點卡，並且可以成為核心社員！」

手上的錶傳來滴滴滴的提示音，表示現在是晚上十一點。

「第一天，五月七日，晚上十一點。」

趙文凱深吸了一口氣，從緊握的雙拳可以看得出他很緊張，但他還是站直身子，轉而面對浴室的鏡子，與鏡中的自己對望。

「你是誰？」他迎視著自己，開始提問，「你是誰？」

這是種弔詭的現象，看著自己的鏡像，卻在反問著自己是誰。

「你是誰？」趙文凱極有規律的，每次都間隔五秒才問下一句，「你是誰？」

螢幕上的留言不停急速的竄出，幾乎都是勸他停止的留言：

「去嘗試這種是腦子有洞吧！」、「你是瘋了嗎？」、「就算不信也不必這樣搞吧？萬一有什麼怎麼辦？」、「世界上有很多無法解釋的事耶！」、「不做死就不會死！」「想紅想瘋了吧？」

「你是誰？你是誰？」

「這些人在緊張什麼？試驗一下也好啊，順便證實一切是不是眞的有都市傳說……我是不太信啦！」

「都市傳說社最近的事有多嚴重你們是瞎了嗎？沒聽過寧可信其有嗎？」

「你是誰？你是誰？」

「不是說那個社團都創作文？還這麼多白痴會信？」

「還創作文咧，都死人了，那個校刊社的啊！」

「你是誰？你是誰？」

「對啊，上次那件事很像眞的啦，警方都證實凶手逍遙法外了！」

「所以現在是警方無能就全推給都市傳說就好了？好騙的人眞多！」

對著鏡子裡的自己，唸完十次「你是誰」後，就算收工。

唸完十遍，趙文凱回頭看向直播鏡頭，搖搖手代表再見，食指湊近鏡頭後關掉直播。

「趙文凱！」外面的女友還在不爽的叫囂，「不要玩了啦！」

趙文凱懶得回她，把手機從腳架上拆下來，瀏覽著剛剛的留言，一邊看，一邊笑了起來。

才幾秒的直播，居然有上千人觀看耶，大家對這種事眞的很好奇咧！

「好！我不管你！我要走了！」女友的聲音不在門口了，聽起來在床那邊。

啊咧，眞的這樣就生氣啊？這是他家，他想做個試驗也不行喔？

趙文凱慌張的走向門口，握住喇叭鎖——

磅！身後傳來拍打聲。

趙文凱嚇了一跳，僵直身子……這是什麼……怎麼很像有人在鏡子上拍打的聲音……

可是，浴室裡應該只有他一個人不是嗎？

他不敢回頭兩眼發直盯著眼前的喇叭鎖，那可能是錯覺，他只要握住門把，立刻出門就好了！

對！就是現在——

磅！

第一章
爭取

高大壯碩的男生一衝進社團辦公室裡，便一臉驚恐的將門給關上，外面喧鬧不已，連隔壁熱舞社都在外頭喊著：請讓出空地，他們要練舞了。

「都市傳說社的！」果然有人吆喝了，「還讓不讓人練舞啊？」

貼著門板的蔡志友一臉不可思議，他都不知道自己是怎麼擠進來的！

「外面人也太……喂！」蔡志友才走兩步，就差點踩到擋路的人，汪聿芃鋪了塊瑜珈墊在茶几與電視間這唯一的走道拉筋。

「趕不走啊沒辦法！」汪聿芃一邊做著伸展。

「社長都發話了，不再收新社員，他們也不知道是在堅持些什麼！」坐在沙發上的童胤恒也一副才剛擠進來沒多久的模樣，「還以為排隊排得久就會有人同意。」

「這也太扯了吧！」蔡志友卸下背包，「上個月可不是這種光景耶，我們社團上個月還是過街老鼠不是嗎？」

「啊……」汪聿芃起身換了個姿勢，「所以老爺爺找到了嗎？」

童胤恒從手機畫面中抬頭瞥了她一眼，「還沒，應該是找不到了。」

蔡志友也坐了下來，「你們在說什麼東西啊……咦？康晉翊跟簡子芸都不在喔？」

「你剛提到過街老鼠，但是因爲收藏家的案子、加上于欣的事，這是眞實新聞案件，所以我們社團可信度一下飆高，所以汪聿芃就聯想到那個被我們活埋的收藏家爺爺，不知道找到了沒——找不到的！妳不要再問這件事了！」童胤恒頭也不抬的開始打電動，「然後，對，社長陪副社去看醫生了。」

蔡志友愣是頓了幾秒，才「喔」了一聲。

他從茶几與沙發間的走道這邊繞，逕往一個書架相隔的辦公區域走去。

他們辦公室也才八坪大，一進門後便是較正方形的接待空間，具有沙發茶几電視，再往裡頭以一張書架子隔開裡面的「辦公處」，辦公處兩張辦公桌呈垂直相連，一張是正對著門口的社長桌，以及與其呈九十度、落於右方的副社長桌。

牆面不少木架或書架，上頭擺了不少社團雜物，還有許多塑膠椅凳及折疊桌。

細心的簡子芸桌上依然是空無一物，康晉翊的桌上自然疊滿了一堆東西，蔡志友一回身，看見的是在做運動的汪聿芃，還有鎭社之寶之一的假人模特兒，彷彿正對著他笑。

「汪聿芃妳迴路未免也轉得太快，我才說句過街老鼠，妳就想到收藏家！我一點都不想知道他在哪裡！」蔡志友碎碎唸著，從地上一箱公費飲料中抽兩瓶起來，「眞希望他就這樣死了。」

「都市傳說才不會死。」她還有空說話。

「唉，場面這麼亂，等等其他社團一定來幹譙的啦！」蔡志友嘖了幾聲，「還是我出去做個樣子，流氓一下。」

童胤恒終於抬頭看了他一眼，「別亂了，都市傳說社等等又變流氓社。」

「早就是了。」蔡志友自己倒不以爲意，前些日子一堆人說他們散播謠言、怪力亂神，來社團挑釁時，他就跟小蛙兩個人便仗著體型跟一臉凶樣，在外頭耍流氓咧。

誰讓人心變化得太快，若不是收藏家的都市傳說，只怕黑粉還繼續說他們在編故事。

一個老師死了一個月卻依然到校教書，甚至綁架兩個女學生，就爲了……製作成死人娃娃。第一個被抓走的實驗品是大家的朋友，校刊社的于欣，常到社團來採訪，結果卻慘遭活埋。第二個便是「都市傳說社」的副社長簡子芸，收藏家主要是看上她，想爲他的「寶貝娃娃們」找一個年長又溫柔懂事的「姐姐」，所以想實驗如何用福馬林防腐大人。

只可惜，最後他被他認爲「溫柔」的簡子芸，一鏟子打進了棺材裡——活埋。雖然開棺後人憑空消失，都市傳說豈能那麼容易解決？但案子是存在的，還

是兩件案子、兩個戀屍變態，誘拐、虐殺案、毀損屍體、製作娃娃等等，全都是眞實新聞案件。

校刊社的于欣被活埋後死亡、都市傳說社的副社被救起，這些都有新聞爲證，實在很難再指著「都市傳說社」說他們寫創作文，而且收藏家裡有一屋子的屍體當證據，被抬出去的于欣屍體更是血淋淋的代表。

黑粉自然還是有理由，例如說收藏家本來就是眞實案件，說穿了只是變態戀屍癖，那稱不上什麼都市傳說；也有人說警方偷懶不想認眞辦案，放走了凶手再推給都市傳說，根本怠職。只是的確無法像以前猖狂，每天花時間到都市傳說社的社團相關論壇裡大放厥詞。

而這次的眞實案件一出，「都市傳說社」幾乎瞬間恢復到了當年一夕成名的狀況，火到不得了，一堆人爭著要加入，簡直媲美當年夏天學長的盛況。

但是，康晉翊依然很保守，他一直不想大肆收新社員，甚至有新人要加入時，他還把「都市傳說社」拆成一社跟二社，鐵皮屋這些一起面對過都市傳說的人便是一社社員，二社另有社長跟幹部，他們的位子座落社辦大樓，而不是一社這個老舊鐵皮屋。

「都市傳說社」之前沒落到差點廢社，從社辦大樓遷出到鐵皮屋，康晉翊歷經過那段時光，雖說他成爲社長是被陷害的，但是這些日子以來所有的遭遇，只是喚起他以前熱愛都市傳說的那份心。

同時也因爲感受冷暖，他完全不希望「都市傳說社」像過去那樣因爲事件而火紅，然後就快速沒落，正因爲收了太多只是跟風的社員罷了。

他採取固定聚會，一週一聚，唯有幹部能參加，即使二社現在已六十幾人。收藏家事件後，這種一窩蜂的現象讓康晉翊把關得更嚴，甚至直接公告不再收新社員，有人要自創三社他都拒絕。

結果引起眾人抗議，認爲社團怎麼能限制，而且二社的人也不爽只有特殊幹部可以進社團開會，每個都想成爲核心社員進這間鐵皮屋。

「外面那些都跟風的，就是覺得都市傳說社很屌很威，現在我們門口根本ＩＧ打卡聖地好嗎！大家都在社團那塊木雕牌前拍照。」童胤恒放下手機，聽著外頭的聲音也很煩躁，「之前學校對我們進行言論控管時，也沒這麼多人來支持。」

「人哪。」

前頭地板那位邊拉筋、邊說了一切的癥結點，人哪。

「不過社團擴大應該是大家都樂見的吧？現在只是太小，未來可以再搬回社

團大樓去。」蔡志友之前就提出，要記得提早申請新位子。

「社團最旺時，再大的辦公室也裝不下啊，當時學長姊們也是設計了這樣的分流，只有核心幹部可以到社團去處理事務，其他人一社三社四社各自爲政。」童胤恒暗使了眼色，康晉翊沒有要申請新場地的意思。

「唉呀！」他嘆了口氣，「那我得要慶幸我還有機會進入核心耶。」

「因爲那時沒人啊。」汪聿芃回得理所當然，幹嘛說得這麼慶幸！

蔡志友當時加入社團時，「都市傳說社」根本沒幾隻小貓吧，都快廢社的社團耶！更別說那時他以科學驗證社的社長跟「都市傳說社」挑釁，這樣都能進來了，就知道當時社團多淒涼。

「之前乏人問津，現在連二社很多人還覺得一週一次晨會不夠，而且既然大家都是都市傳說社的人，爲什麼不能進鐵皮屋、不能成爲核心幹部。」童胤恒看著社團裡的發言，眞是一波比一波激烈。

「再下去就要重選社長了吧？」蔡志友這話倒是說得中肯，「不能如己願就把社長換掉，換一個願意擴大的人。」

童胤恒無奈的笑著，這情況似乎不遠了。

唉，汪聿芃正在俯臥撐，還有時間嘆息，「我們什麼鳥事都遇得到，也眞厲害厚！」

是啊，童胤恒這時就慶幸自己不是社長，沒人要參加時有事、一堆人想加入也有事，康晉翊鐵定一個頭兩個大！更別說他當初這個社長還是被陷害的，沒參加開會卻莫名其妙被大家選中，當中選他的原因還是因爲「都市傳說社」是燙手山芋，當時的社員找個沒到的倒楣鬼擔了咧！

「借過借過！喂！你們有完沒完啊，是不認識字嗎？」外頭傳來咆哮聲，「就說不再收人了，就算收了也不會讓你們進來啊！」

「我們是二社的爲什麼不能進去？我們也是社團一份子啊！」

「對啊，憑什麼就你們幾個在社團裡？」

「這裡面才多大啊，二十個都擠不了，你們要進來幹嘛！」小蛙中間髒話連連，「借過啦！二社不是有二社的社辦嗎？不要鬧——滾！」

蔡志友搖搖頭，主動起身到門口去接人，外頭吵成這樣，還是得要有凶神惡煞的姿態才能遏止。

「幹什麼！」門陡然一開，虎背熊腰伴隨大吼，果然立即讓現場安靜。

小蛙趁機鑽了進來，「都散了！不收就是不收了！這裡是一社辦公室，亂什麼啊！」

砰！蔡志友把門用力關上，差點掃到小蛙的臉。

「進來就好了，少廢話這麼多。」

「喂，你剛關門差點掃到我的臉你知不知道？」小蛙嚷嚷著回頭想理論，差點一腳踩上在地板的一雙手，「哇……哇咧！外星女，妳趴在這裡做什麼？」

「拉……筋。」這兩個字說得挺吃力的。

「這是都市傳說社，又不是有氧舞蹈社！」小蛙碎碎唸著，這樣路一擋，他就得從茶几裡面繞了。

蔡志友讓他先進，童胤恒自動縮起雙腳，好讓他能找個位子坐下。

「她在鍛練，別吵她。」童胤恒看向了他們兩個，「我說實話，我也開始重訓，除了運動，還去學些防身術之類的。」

「幹嘛學那個？」小蛙伸了個懶腰，手上的零食扔上茶几。

「都這麼多次了，還覺得不必學嗎？」童胤恒看著他，「不是每一次都能閃過刀子的吧？」

蔡志友一凜，皺起眉看向地板上的汪聿芃，再瞄向童胤恒，想起了前不久在墓地裡的事。

「幹！幹嘛提！」小蛙一想起在遠得要命社區的事，就渾身不舒服。

一把刀捅過來就想殺人，那是離死亡最近的一刻吧。

「我們還是很喜歡都市傳說，而且隨著遇到得越多，就越興奮於這種傳說真的存在，而且就在我們身邊，迷人得讓人都快睡不著——但是，」童胤恒口氣轉折得很快，「每一次都伴隨著犧牲跟危險，我們不能只會跑只會躲，我總覺得必須要會一些能保護自己的手段，像小靜學姐或毛學長一樣。」

蔡志友望著自己的雙手，他高頭大馬的……體型與力氣上或許有優勢，但遇到都市傳說……可能就什麼都不是了。

「小靜學姐真的很強。」汪聿芃揮汗如雨的起身，「毛學長也是，他們也遇過很多都市傳說，可至少他們都能基本防範！」

「小靜學姐那是格鬥冠軍耶！」小蛙口吻裡載滿崇拜，「我記得她當初還飛踹裂嘴女！那是超威！」

「但是再厲害也救不了夏天學長不是嗎！」蔡志友幽幽的說著，「至今不是還下落不明……還在如月列車上？」

汪聿芃哼的一聲，氣呼呼的走到一旁架子上，取下酒精噴罐朝瑜珈墊上全面噴灑，每個動作都很重，完整表達了不爽之情。

「還是有不可抗力的情況啊，但是在能力足夠的範圍內，我們至少要能保護

自己吧。」童胤恒眼神帶了點悲傷，「我不希望再有下一個于欣。」

于欣，照理說她早該隨時隨地頂著那頭紅髮衝進社團大門，俏皮的問著：這次都市傳說記得還是要給我獨家報導啊！

結果，最後她卻成爲傳說犧牲的一部分了。

提起于欣，氣氛就會變得凝重，汪聿芃默默的擦拭著瑜珈墊，她不喜歡也不討厭那個女生，但也不希望她被活埋而死。

「知道了。」小蛙淡淡的回應，「康晉翊又陪副社去看醫生了嗎？」

「嗯，順利的話應該是快回來了……」童胤恒往門口望去，「等等回來就要面對外面那一大票。」

「算好時間發個訊息給他吧！」蔡志友主動拿出手機，「一般看醫生都多久啊？」

大家面面相覷，每次的時間都不一樣，很難捉摸啊。

汪聿芃將墊子捲好擱在假人模特兒與電視的中間，眨著眼凝視著那半人半肌肉模樣的假人模特兒，不知道是不是錯覺，總覺得最近他的嘴角好像更高了點。

社團裡的祕密文說過，這位可是貨眞價實的學長咧。

「好想去唱歌啊！」她回過身，順手拖了張椅子過來，在茶几旁坐下。

「還不行。」童胤恒一口回絕，「妳總得等她好一點吧。」

小蛙咬著包子，不耐煩的嘖了幾聲，「現在是在說什麼東西啊！想唱歌去唱啊！」

「她想要大家一起去唱歌，解解悶！但是副社的創傷症候群沒好，你說我們怎麼去包廂？」童胤恒沒好氣的指著汪聿芃，「妳不要在她面前提啊！」

唉……汪聿芃重重嘆了口氣，她就是悶，于欣出事後整個社團事情一件接一件，其實大家心裡都很悶，她總覺得是時候大唱一場，好好發洩。

不管想尖叫或是想痛哭，應該都是大家一起吧。

「唉，簡子芸那個幽閉恐懼症會好吧？」蔡志友倒是很憂心，「她之前連一個人待在社團裡都無法耶！」

「是嗎？昨天好像還ＯＫ啊！」小蛙回憶著，「我昨晚九點經過時，她一個人在這裡準備關門回家咧！」

「所以正在慢慢進步中啊，她是事故的創傷，應該能慢慢恢復的。」童胤恒微微一笑，「而且她比外表看起來堅強多了。」

「超強的好嗎！」蔡志友搖了搖頭，「一鏟就往都市傳說的後腦杓尻下去耶！」

簡子芸之前因爲被活埋在棺材裡數小時，身體恢復健康後，原本以爲沒事的她卻發現隻身待在密閉空間裡，會產生恐慌與換氣過度，最後被判定是創傷症候群，開始積極治療。

而且密閉空間不單指狹窄空間，只要關閉的地方她都會緊張，她說她無法克制發抖與呼吸困難，即便如社辦這麼大的地方，只要一注意她被「關」在某處，她就會難以控制的發顫。

所以，這陣子都有人陪在她身邊。

「欸！」小蛙突地站起身子，一副八卦樣，「你們說，康晉翊跟簡子芸是不是……」

童胤恒一副你管人家那麼多的樣子，他不喜歡講八卦。

「應該是啊！拜託，每次治療都康晉翊陪她耶，現在還住她家，因爲她不敢一個人！」蔡志友笑得曖昧，「這種本來沒什麼，早晚也會有什麼！」

汪聿芃倒是笑得很開心，「他們很配啊！」

童胤恒不是沒發現，只是不喜歡議論，而且康晉翊他們很明顯的處在曖昧期啊！這兩個都有點嚴肅，就怕大家鬨聊說破，反而會讓他們因爲害羞而漸行漸遠。

拜託，要是不在意，哪會義無反顧的陪簡子芸治療咧！之前還因爲夜半有莫名的娃娃闖進簡子芸房間，她立刻主動提出要去住康晉翊那邊耶！

怎麼就沒想來住他家？童胤恒邊想邊竊笑，很多事盡在不言中的啦！

唯有心中在意的人，才會是比較特別的那個……他不自覺的瞄向正前方的女孩，隔著茶几，她雙頰通紅的正在抹去汗水。

「好了，各位！我們已經確定社團不再收人了，大家在這裡做什麼？」

咦？屋內四個人跳了起來，康晉翊的聲音！怎麼提早了？

「爲什麼啊？這麼多人想加入，你們又不許，這不是很奇怪嗎？」

「對啊！又還沒到學校規定上限！」

汪聿芃率先跑到門後，猶豫著要不要開門。

「但是我們可以決定社員上限，請大家不要再鬧了，還有很多社團可以讓大家加入，這裡已經額滿。」女孩的聲音穩重分明。

「但我們想要加入都市傳說社啊！奇怪耶你們！」

「爲什麼現在才想加入？」康晉翊聲調變得嚴厲，「因爲有趣？新奇？跟風？還是遇到都市傳說好像很厲害？」

現場驟然靜下，因爲康晉翊的口吻帶著難以掩飾的怒氣。

一旁的簡子芸默默握拳，心跳也開始加速，眼前這幾十個人的陣仗，曾經是他們夢想的情景，那是在社團衰敗之際。

可是現在這些都不是眞的喜歡都市傳說的人，不過都是好奇者、愛看熱鬧的人罷了。

「才剛死一個人！」康晉翊接著開口，「你們居然因爲這樣覺得有趣，爭相想加入？」

簡子芸拉了拉康晉翊，話別說成這樣，有的人就只是感興趣，但不一定對于欣之死幸災樂禍啊。

「就單純喜歡不行嗎？」

人群中有個聲音忿忿不平的開口了。

說話的男生身高約一百七十五，中等身材，過長的頭髮蓋到耳朵上緣，方型臉上有副圓框眼鏡，高舉著手看向康晉翊。

「爲什麼現在才喜歡？」康晉翊冷冷的問，「之前沒喜歡？在我們受到黑粉攻擊時？在大家到我們社辦外噴漆時？或是上次學校直接要求我們節制，還要審核我們發言權時？」

現場當然沒人敢出聲，這種帶著責備的語氣，聽了就算不滿，但總覺得開口說什麼都是錯。

「就因爲最近這些事才喜歡不行嗎？」剛剛那男生又繼續開口了，「有人就是好奇，就是覺得新鮮，之前從沒想過都市傳說竟然這麼逼近我們，而且確實存在，這不就是社團的意義嗎？」

簡子芸看向那個男生，她見過幾次，是二社的次要幹部，這番話倒是挺有理的啊。

「或許吧，但是人已經夠多了，既然喜歡，你們可以有人再去開一個都市傳說社啊，名字不要一模一樣，學校會允許的。」簡子芸說起話來溫婉許多，「但是我們這一個眞的是不再收了，大家聚在這邊只是妨礙到其他社團而已，我們不會因爲這樣開放。」

康晉翊別開眼神，眾人不爽又不敢大小聲，聽著剛這位社長話裡的意思，就是拐彎在怪他們之前不挺，社團紅了就跟風……說到底他也沒說錯啦，所以大部分人只能摸摸鼻子離開。

誰要自創一個社團，那多麻煩啊！

「如果他們眞會去創社，這才是眞的喜歡且有熱情的人。」康晉翊看著從鐵皮屋左邊出口離去的背影，淡淡的說。

「社團嘛，玩個一年兩年就膩了，應該沒人這麼勤勞。」簡子芸也深有同感，「當年創社的夏天學長，是眞的眞的非常熱愛都市傳說呢！」

「我們也是啊！」

同一個聲音再度出現，簡子芸吃驚的正首，才發現還有幾個人沒走。

「我們都是二社的。」分貝最高的倒不是那個方臉男生，是另一個晨會上常看見的女生，「我們之前可沒少挺社團喔！」

「謝原芬，在說什麼啊，我認識妳啊。」康晉翊一瞬間變得溫和許多，「妳每週都有來啊！」

「對啊，我就想問，我們什麼時候能進一社？」謝原芬倒是開門見山。

「進一社？你們現在就是都市傳說社的社員了啊！」簡子芸刻意四兩撥千金，她哪不知道這些人的意思。

「但我們卻在別的社辦不是很奇怪嗎？我們應該也可以進這個鐵皮屋吧？有事情大家一起討論。」謝原芬皺起眉，「像之前收藏家的事件，我們也能幫忙分憂啊，說不定人多我們就可以更容易找到線索，更早發現收藏家在哪裡！」

唉，康晉翊嘆了口氣，「不是我要潑妳冷水，一堆老師跟學生都上了一個月的課，也沒人發現那位老師是收藏家啊，這跟人多人少沒什麼關係。」

「重點是爲什麼我們不能一起，這樣一點都不像是都市傳說社，我們很像附屬組織。」二社社長鄧明軒誠懇開口，「社團的用意不該是這樣，應該是大家都對都市傳說有熱忱，然後我們也都隨時可以使用這個空間……」

「對啊，每次遇到都市傳說都只有你們知道，喜歡都市傳說的又不是只有你們！」

「社長權力眞的有這麼大嗎？我們如果眞的想進去，你們也不可能趕我們走吧？」

眾人你一言我一語，康晉翊煩躁極了，簡子芸留意到剛剛一直發言的方臉男生，此時此刻倒是靜默不語，聽著其他人爭執不斷。

裡頭的四個人貼門附耳，個個皺眉，這些人實在很煩。

二社的人是「廣告」事件時跟風加入的，確實其中不乏熱愛都市傳說的人，但是康晉翊的確有一定的排外性，他總覺得這些人都是有事件後才想加入的，也容易因爲風潮過了就離開，所以才放在二社。

「怎麼辦？」小蛙挑了挑眉，「要我去把他們趕走嗎？」

「趕什麼啊，人家也是社員好嗎！」蔡志友就不愛小蛙這種衝動派的。

「而且他們反應的也沒錯，爲什麼是社員卻不能來這裡！」童胤恒相當中肯。

汪聿芃歪了歪嘴，這點他跟康晉翊是同一陣線，她不喜歡其他人。

「好！」外頭的簡子芸突然出聲，「以後你們要來就隨時可以來。」

康晉翊驚愕的轉頭，「什麼？」

「他們說得沒錯啊，既然這麼喜歡這個社辦，那就進來吧！」簡子芸大氣的聳肩，一邊推開……推不開，「喂！裡面的！」

喔喔喔，裡頭的人趕緊離開門後，好讓簡子芸他們進來。

二社的人個個亮了雙眼，有點訝異爭取這麼久的事，居然瞬間就通過了。

「但是你們以後是不是就不會待在這裡了？」方臉男驀地出聲，「照樣不會跟我們討論都市傳說，遇到事情也不會跟我們說，只是把地方讓出來而已？」

咦？其餘二社社員詫異的看向他，再看向簡子芸。

眞是的！她撇撇嘴，她的確是這麼想的——喜歡社辦就給你們啊，但是細節討論那是另一回事。

「副社，他說的是眞的嗎？妳這樣也太過分了吧！」

「爲什麼一個社團也要這樣區分？沒道理啊！」

「你們憑什麼分級啊？比較久比較了不起嗎？」

眼看著又吵起來，社辦內外吵成一片，童胤恒他們忙勸架根本沒用，康晉翊不甘示弱的回嗆，小蛙更是幫倒忙，戰火一觸即發。

汪聿芃卻突然回身，跺著腳氣呼呼的衝到自己背包旁，打開皮夾，抽出很寶貝的一張卡。

「閉嘴啦！」她直接衝到兩派人馬中間，伸直的右手揚著卡片，「等你們有集點卡再來啦！」

集……點卡？

康晉翊不敢相信的緩緩看向汪聿芃，簡子芸一口氣差點上不來，連小蛙都不知道該說什麼的瞠目結舌，童胤恒一掌擊額，低喊著我的天哪！

她怎麼可以拿那、個出來!?

鄧明軒等二社的人莫不錯愕，湊近看著那張集點卡。

「我們這裡最少都有五格，你們好歹要有——嗚——」簡子芸趕緊摀住她的嘴，不要再說了啊！

集都市傳說不是什麼好事好嗎！她這是在鼓吹大家去接觸都市傳說嗎？

「好！」那方臉男孩雙眼突地熠熠有光，「只要集到一點就可以了吧？」

「喂，趙文凱？」謝原芬回頭，在說什麼啊!?

「我就集一點給你們看！我要來挑戰都市傳說！」

第二章
挑戰開始

「妳怎麼可以說出那種話？」

童胤恒難得動氣，衝著坐在沙發上的汪聿芃一陣痛罵。

「我沒說錯啊。」她倒是一臉莫名，理所當然。

「還沒錯？妳是在鼓勵他們去挑戰都市傳說嗎？」童胤恒難以置信，「妳有想過後果嗎？」

「只是嘴巴說而已誰都會啊！」汪聿芃可不以爲忤，「沒有膽子遇過一兩個的哪算數！」

「汪聿芃！」連康晉翊都聽不下去了，「我們都很喜歡都市傳說，但沒有非常希望親身經歷啊，妳想想……妳遇過血腥瑪麗，不是很可怕嗎？」

她微蹙眉，很認眞的思考了幾秒，「是很可怕，但很刺激。」

小蛙翻了白眼，「遠得要命社區呢？不是怕得要死嗎？我們把妳扔在沒有出口的走廊上，妳不是邊走邊哭？我還差點死了耶！」

「對！對！」汪聿芃點頭如搗蒜，「可是沒有親身經歷，我們就不知道原來外送的都市傳說是那個模樣啊！」

「天哪！」簡子芸也開口了，「我是喜歡都市傳說的人，我著迷於這些傳說的發生或起源，但是我眞的不想再被活埋一次！想想于欣啊！」

汪聿芃看著他們，眼前的同伴社員一個個嚴厲的望著她，試圖讓她明白接觸都市傳說的危險性。

她懂啊！她完全知道這個危險性！從外送的狀況之後，她起了敬畏之心，所以才恢復鍛鍊，甚至開始學防身術了！

但、是——

「你們後悔遇到那些都市傳說嗎？」她擰著眉，用帶著悲傷與不可思議的眼神望著大家。

「我的天哪——」蔡志友扶額哀鳴，「她到底聽不聽得懂我們在說什麼啊？」

童胤恒望著她，重重嘆息，「她聽不懂，她跟我們想的不在一個線上。」

「我哪不懂了！那些人吵吵鬧鬧的，但是他們根本沒遇過都市傳說，或是沒膽子遇上都市傳說啊！」汪聿芃也開始心生不悅，「真的遇到也不一定能找出什麼，好歹要有經驗值再來談吧！」

童胤恒按捺住悶燒的怒火，深吸了一口氣，得好好說。

「所謂經驗值，就是要遇到，像花子、廣告，或是像康晉翊遇到的幽靈船、小蛙遇到的外送，甚至是活埋簡子芸的收藏家……這些都是危險與死亡，中間帶了多少條人命？」童胤恒望進她的雙眼，「所以妳希望那些人也遇到這些危險？」

汪聿芃緩緩眨了眨眼，依然充滿不解。

「如果他們眞的喜歡都市傳說，就會想遇到啊！」

唉……康晉翊無力至極，搖著頭離開她面前，這太難溝通了！

「汪聿芃，你記得一個人的捉迷藏嗎？」簡子芸溫聲的問著，「學長時代的事？第一個都市傳說？」

「記得啊，小靜學姐的室友嘛！」詳讀過網站資料，她自是如數家珍。

「妳覺得那樣去挑戰都市傳說對嗎？明知道有問題卻去玩，結果是？」簡子芸算是循循善誘，希望能把汪聿芃拉到他們的思考範圍。

「結果小靜學姐就跟都市傳說結下不解之緣！」汪聿芃雙眼一亮，「還跟夏天學長他們住在一起呢！」

「靠夭，她爲什麼會想到這個？」小蛙受不了了，「死人啊！汪聿芃，妳剛剛在外面一句話，萬一有人因爲想要經驗値，跑去挑戰都市傳說怎麼辦？」

咦？汪聿芃終於臉色丕變，剛剛的笑容收起，雙眼圓睜，不可思議的看向童胤恒！

「妳懂了吧？重點就是——」

「他想挑戰哪個啊？有可以自行挑戰的都市傳說嗎？」她驚喜的看向童胤恒，「除了一個人的捉迷藏外，怎麼有想遇就遇得到的都市傳說呢？」

童胤恒默默望著興奮的她，完全不想再說什麼，眼神死的起身，伴隨著他的只有數聲長嘆。

「汪聿芃啊，如果眞的有咧？那個人萬一因爲這樣出事了呢？」蔡志友直接切中要害，「他因爲妳那番話，跑去接觸都市傳說，最後死了怎麼辦？」

汪聿芃倏地回首，腦子運作有點慢，因爲她還在想有哪些可以挑戰的都市傳說。

「那後果也是他自己承擔啊，是他選擇要挑戰都市傳說的不是嗎？」她聳了聳肩，還煞有其事的伸指算著，「因爲喜歡所以想挑戰，挑戰自然伴隨風險，那可是都市傳說！挑戰前不知道嗎？」

蔡志友望著她熠熠有光的雙眼，忍不住笑了起來。

「哈哈哈！喂，外星女邏輯很怪，但也不無道理啊！」他這倒是讚賞，「都市傳說是什麼，豈能隨意挑戰的對吧？」

「蔡志友！還幫她說話！」

「她沒說錯啊！挑戰都市傳說是自願的啊，又沒人逼他們！」蔡志友直接站在了汪聿芃這邊，「自己的行爲本來就該自己負責！」

「但起因是我們要求他們這麼做！」康晉翊頭很痛，怎麼說不通！「一旦出事，就都會怪到社團頭上！是妳，要求喜歡都市傳說的人，去挑戰都市傳說的！」

汪聿芃明顯的不滿，她完全不懂這其中哪裡有關聯性，眉頭越皺越緊，滿臉都是不悅。

「汪聿芃，妳冷靜想想。」童胤恒耐著性子蹲到她身邊，「他們喜歡都市傳說、希望可以到一社來，妳提出了要有經驗才能進來的條件，他們便會去找都市傳說嘗試——妳也知道都市傳說不能隨便挑戰，萬一出事了呢？」

汪聿芃眨了眨眼，泛起微笑，「給他一張集點卡。」

「不是！」童胤恒都忍不住低吼了，「出事了大家會怪妳，說是妳叫他去挑戰都市傳說的！」

汪聿芃笑顏斂起，眉頭再次深皺，「我沒有叫他們去挑戰，我是說有經驗再來，他們可以試看看能不能遇到都市傳說啊！被動跟主動又不一樣！」

「都市傳說哪是想遇就能遇的，急著想進來的人，就會主動採取挑戰啊！」

康晉翊都快抓狂了，到底哪個字聽不懂？

汪聿芃歪了頭，大家好激動啊！「那是他們自己的選擇不是嗎？」

叮！繞了一大圈，再度回到原點，一旁的蔡志友憋笑笑得太痛苦，臉色都漲紅了。

「蔡志友！」童胤恒相當無奈，「你跟著起鬨什麼啦！」

「哎呀，歹勢！」他忍不住笑，「仔細想她說得沒錯啦，那些人要做什麼是自己抉擇，像我叫你去跳樓你跳嗎？」

「喂，誰白痴啊！」小蛙嘖了一聲。

「對啊，所以這種不是叫你幹嘛你就做的事吧！」蔡志友一擊掌，「別老怪她，如果眞的有人這麼蠢，要去挑戰都市傳說的話——」

「有了！」

在書架後的辦公桌那兒傳來了驚愕的聲音，康晉翊慌張回身，簡子芸坐在桌上瞪著筆電，驚恐的看向他。

「他眞的要挑戰都市傳說！」她不可思議的看著螢幕，「發了一篇公告在我們的社團臉書裡！」

「什麼!?」康晉翊立刻湊上前，其他人直接拿筆電或滑手機。

那個男生叫趙文凱，頭像跟名字是一致的，正是下午那位嚷嚷的男生，他在都市傳說社的臉書社團裡寫了一篇簡短但極具爆炸性的聲明。

『我是趙文凱。

我很喜歡都市傳說，非常非常喜歡，

但我也是個怕事的普通人，我承認之前都市傳說備受攻擊時，

我完全不敢發聲，甚至連加入社團都不敢。

也是因爲收藏家的事件，我才無法克制我對都市傳說的喜歡。

被質疑是理所當然的，因爲我一直說喜歡卻沒有加入過，都市傳說受攻擊時也未曾出聲，但是都市傳說社以此爲由，不接受新社員進核心，我覺得不太公平。

下午汪聿芃出示了一張「都市傳說集點卡」，說要有點經驗值再說。

如果這是考驗，那我接受，我非常想成爲核心幹部，與大家一起面對都市傳說。

所以爲了快速拿到經驗值，我趙文凱在這邊宣布。

從今天晚上開始，我將展開爲期三十天的都市傳說挑戰——

「你是誰」。

每晚十一點，準時在下面粉專直播。』

鐵皮屋社辦裡陷入沉默，大家逐字看完一遍再看一遍，陷入靜默裡，汪聿芃放下手機思考著……原來除了一個人的捉迷藏外，還有一個都市傳說可以自我挑戰啊！

「你是誰？這個都市傳說有點玄耶！」蔡志友挑了眉，這是很新的都市傳說，大家都熟，「眞的假的？」

「只要都市傳說就不能小覷，跟傳說一樣，總是有所本。」康晉翊凝重的繞出書架，沒好氣的看著汪聿芃，「妳看，汪聿芃？」

「他好厲害喔，還找得到可以挑戰的！」汪聿芃根本沒在理他，「而且還用直播的，超有實驗精神啊！」

「有病吧這人？」歷經過都市傳說的小蛙，根本不會想去嘗試做這種事，「還直播咧，要出事了怎麼辦？」

簡子芸也緩步走了出來，她剛剛抽了點時間，仔細再查一次「你是誰」的都市傳說。

「之前有人也挑戰過，他是說有做完三十天，也沒發生什麼事。」簡子芸咬了咬唇，「不過也是那個人自說自話，誰也不能證實他有做完三十天。」

「但之前那位只是自己說挑戰完，中間沒有任何紀錄，沒有人能證實。」康晉翊沉吟著，「這次卻是每日直播……」

「很勇敢的傢伙……」童胤恒語重心長，「大家最好祈禱他不要出事。」

「所以問你是誰的話，會有人回答他嗎？」汪聿芃好奇的眨著眼。

你是誰，這是個非常新的都市傳說。

每天對著鏡子，看著自己問十次「你是誰」，聽說三十天後，人會變得很奇怪，先是記憶力衰退、接著出現認知障礙，最後會眞的不認識自己！

背後牽扯到心理學，有人說這類似格式塔崩壞，在對著鏡子裡訴說著「你是誰」的同時，會抹滅掉自我的存在。

簡單的舉例，就像重覆寫某一個字、或看著那個字良久，漸漸的就會越看越奇怪，彷彿這字是錯的，或是似乎根本不是這樣寫。

同理於此都市傳說上，每晚對著鏡子說十次你是誰，也會開始質疑鏡子裡的人究竟是誰？

「我不是老毛病犯了，這個用不到科學驗證也不太合理啊。」蔡志友早先是科學驗證社社長時，就研究過這個都市傳說了，「每天就唸十次你是誰，但其他時間我們還是正常生活，怎麼可能會不認識自己！如果十次就能抹滅自己的存在……欸……」

「所以要連續三十天啊！」小蛙挑了眉，他現在是完全的忠實信徒，「十次乘三十天，那可是三百次啊。」

「但不是連續講三百次啊。」蔡志友的重點在這裡，「十次需要幾秒？二十

四小時中的幾秒？」

童胤恒明白蔡志友質疑，這個都市傳說鮮少發生，但它的確存在於都市傳說的列表中，也相當少人親身體驗，幾乎沒有案例。

「但是都市傳說就是不該輕易挑戰。」康晉翊語重心長，「我們都避之唯恐不及了，怎麼還會親身試驗？」

大家不約而同的瞄向了端坐在沙發上的汪聿芃，她雙眸有點空洞，不知道在想什麼的神遊。

「喂！」童胤恒忍不住戳了她一下，「在想什麼？別想些亂七八糟的。」

汪聿芃抬起頭，雙眼閃著光芒，「你們覺得如果我也試試……」

「不行！」簡子芸厲聲打斷，「妳不是說對都市傳說有敬畏心了嗎？還想挑戰？」

只見汪聿芃咬了咬唇，「我就是覺得很奇怪……總感覺這個都市傳說假假的。」

「不行，不管這個都市傳說多奇怪，妳都不可以試！」童胤恒嚴肅的望著她，「妳是瘋了嗎？才跟我說都市傳說其實很可怕不是？」

「這個沒有。」她還回答。

「汪聿芃，別忘記一個人的捉迷藏。」康晉翊再三提醒，「都市傳說是沒有根據、也沒有理由的，不要小看任何一個。」

她抿著唇，蹙起的眉依然帶著困惑。

她的確很敬畏都市傳說，每遇到一次就益發覺得都市傳說相當可怕，總是不經意中奪去多條人命；前陣子的收藏家事件中，他們去醫院看過倖存的男孩，短短數日幾乎就被摧毀的人格，簡直是複製了那個殘虐收藏家的扭曲心理，彷彿一種無形的傳承。但是因著遇到了這麼多玄奇的都市傳說，就會益發的對它們感興趣，尤其像「你是誰」這樣的都市傳說，不合理的情況眞的太多了，甚至感覺是有人編造出來的呢。

「汪聿芃，妳不要亂來喔！」童胤恒再三警告，「我們也會勸退趙文凱。」

「勸得了嗎？」蔡志友挑了挑眉，「他都放話了，爲了面子應該會撐下去吧！他只要一喊停，就會有酸民出現婊他是孬種的。」

「孬種總比出事好吧！那些酸民都是別人家的孩子死不完的類型。」小蛙可不以爲然，「面子有比命重要嗎？」

「很多人的面子都比命重要。」康晉翊只是嘆息，「但我還是會找那傢伙談，不能讓他就這樣嘗試。」

採取直播，在大眾面前挑戰都市傳說，也像是讓大家看著都市傳說一般。

「也麻煩大家，不要再對外發表什麼言論了。」簡子芸擰緊眉心，看著的是汪聿芃。

汪聿芃只是默默的點頭，卻難以克制心中的慾望，連續三十天的挑戰，她怕自己缺的是耐心罷了。

如果可以持續三十天，她眞的會忘記自己是誰嗎？

晚上十點五十分，康晉翊宣布勸說無效。

趙文凱是二社社員，而且跟二社幹部高中就是同學，同學勸退也都無效，他那篇留言底下都有幾百人叫他不要輕易嘗試，這種事不怕一萬只怕萬一，萬一眞的出狀況怎麼辦？

當然也有人覺得這根本是無稽之談，是不是「都市傳說社」在搞什麼宣傳效果、製造話題？接著自然又是意見不合的一番筆戰，反正世上最不缺就是太閒以及獨尊自己意見的人。

鏡頭些許晃動，伴隨著肉色的指頭，人影終於退後到看得見的位置，是個普通的男大生，頭髮長度觸及耳上，是該去理短了。

「哈囉，再一分鐘就要開始了喔。」螢幕上飄過一堆怒的圖案，趙文凱已經開始直播。

「這種事沒必要實驗吧！想紅也不是這種方式……喂！趙文凱！」女孩的聲音傳來，她不爽的在門外拍著門，「趙文凱！」

喀，趙文凱按下喇叭鎖，重新走回鏡子前。他就站在洗手台前，再次確認另一台相機是否開始錄影，然後往右後方回頭，看著直播鏡頭。

「大家好，我是趙文凱，都市傳說社的大三新社員，我即將要來親身試驗『你是誰』的都市傳說。」他禮貌的向鏡頭輕微鞠躬，「爲期三十天，等我試驗完如果一切平安，我希望有一張集點卡，並且可以成爲核心社員！」

手上的錶傳來滴滴滴的提示音，表示現在是晚上十一點。

「第一天，五月七日，晚上十一點。」

趙文凱深吸了一口氣，從緊握的雙拳可以看得出他很緊張，但他還是站直身子，轉而面對浴室的鏡子，與鏡中的自己對望。

「你是誰？」他迎視著自己，開始提問，「你是誰？」

這是種弔詭的現象，看著自己的鏡像，卻在反問著自己是誰。

「你是誰?」趙文凱極有規律的,每次都間隔五秒才問下一句,「你是誰?」唸完十遍,趙文凱回頭看向直播鏡頭,搖搖手代表再見,食指湊近鏡頭後關掉直播。

「趙文凱!」外面的女友還在不爽的叫囂,「不要玩了啦!」

趙文凱懶得回她,把手機從腳架上拆下來,瀏覽著剛剛的流言,一邊看、一邊笑了起來。

才幾秒的直播,居然有上千人觀看耶,大家對這種事眞的很好奇咧!

「好!我不管你!我要走了!」女友的聲音不在門口了,聽起來在床那邊。

啊咧,眞的這樣就生氣啊?這是他家,他想做個試驗也不行喔?

趙文凱慌張的走向門口,握住喇叭鎖——

碰!

清晰可辨,那是有人在拍打鏡子的聲音。

他遲疑的回首,冷汗直冒,停在喇叭鎖上的手不自覺的顫抖,但看見的卻是回頭的自己。

沒有任何異樣,但是爲什麼他卻聽見了拍打聲?

不安的走近鏡子,想查看一下是否哪邊鬆脫,不然怎麼會出現奇怪的聲音?

臉都快貼到牆壁的檢查鏡後的隙縫，甚至用手扳動，這面鏡子黏得很牢啊，根本沒有鬆動的痕跡。

「馬的。」他變得不安，雙眼盯著浴缸，居然沒有勇氣看向鏡子。振作一點啊，趙文凱，你怎麼可能會怕這種東西呢！緊張的嚥著口水，心跳無法克制的加速，他還是咬牙的回首，面對著那面方鏡——鏡子裡是他緊繃的臉，抿緊的唇都發白了。

「噗……」他終於忍俊不住的笑起來，看著剛剛在鏡裡的表情實在很蠢，「白痴喔！根本自己嚇自己！」

雙手撐著洗手台搖了搖頭，他根本不該害怕啊！

咿……浴室的門開啓，他笑著抬首，從鏡子裡看著打開的門，想起了尚未安撫的女友。

「欸，妳氣什麼，我……」才說一半，卻發現敞開的門口並沒有女友的身影。

怎麼？他狐疑的想回頭，卻赫然想起——他的門不是鎖著嗎？

扣著洗手台的手瞬間收緊，身子僵硬卻無法移開視線的瞪著鏡子裡那敞開的門，與異常光亮的房間。

可能是門沒鎖好？或是蘇蘇用錢幣打開鎖了？浴室的門很好開啊，大家都知

道那是一枚硬幣就能解決的事，剛剛他正分心，被開鎖了也不知道。

腦子是這麼想，但是他卻沒有勇氣回頭。

因為鏡子裡的門外光亮異常，他房間的燈就算全亮也不可能有這麼強的光線，再者……浴室裡的燈光並沒有改變。

這次連呼吸都感到困難了，他告訴自己不要亂想，這情形不是跟剛剛一樣嗎，根本自己嚇自己。

對，自己……嚇……自……

一隻腳從浴室門的右邊出現，有人走到了門口，趙文凱瞪圓眼睛看著那個人影，筆直的走進了浴室裡！

鏡子裡的他驚恐的斜視，看著那個人朝他身後走來，浴室根本沒多大，他就快要過來了——走！走！他不能再傻站在這裡了！

走啊！

唰——

「哇呀！」門口的女孩嚇得尖叫，她正蹲在地上，手裡還拿著一枚硬幣。

門突然打開讓她整個人向後跌坐在地，站在門口的男孩錯愕的看著她。

「……妳幹嘛？」

「去你的！」蘇蘇跳起來，就是一陣搥打，「嚇死我了！我在外面叫你都不回應，我還以爲出什麼事，才要開門進去了耶！你幹嘛不回我!?」

怒極攻心的使勁推著趙文凱，蘇蘇氣急敗壞的扭身往房裡走。

「噢……」他被推得撞上門，撫上胸口，這麼大力，她好像眞的氣到了，「欸，好啦！別生氣！」

「我要去我朋友家！」蘇蘇拎起早擱在床上的包，她剛剛就收好了。

原本是要氣氣趙文凱，誰知道他繼續直播就算了，直播結束後還不理她！今晚沒什麼好說的了，她也已經跟閨蜜講好了，晚上去寄住！

「不是……喂！別鬧啦！」才在說，蘇蘇已經拎著包從他面前掠過，直接朝門口走去，「對不起嘛！」

懶得多話，蘇蘇套上夾腳拖，甩門而去。

趙文凱呆站在浴室門口，聽著震天價響的關門聲，她是眞的火大了耶！

唉，他皺起眉，回身瞥了眼浴室，留意到立在馬桶邊的腳架跟相機還沒收好，回身步入，按下停止錄影鍵，收起腳架。

再瞥了眼浴室裡的鏡子，他淺淺一笑。

「你是誰？」

第三章 勸退

趙文凱的直播持續了一星期，收看的人越來越多，依然是兩派論戰，但是因著他直播七天都沒什麼狀況，過去那些黑粉便開始活躍，笑著說，他們等著看趙文凱證實這個都市傳說不存在。

但這些影響不了都市傳說社的人，康晉翊早交代下去，要大家不要被刺激而隨之起舞，靜觀其變就好；每個人心底都很矛盾，一方面也好想知道「你是誰」這個都市傳說究竟是眞是假，一方面還是憂心趙文凱的安危。

這次康晉翊分身乏術，除了課業與社團外，他還必須分神照顧簡子芸，所以事情便落到了童胤恒身上。

「妳快點，汪聿芃！」大步跨上樓梯，童胤恒忍不住抱怨，「跑這麼快的人走路這麼慢？」

汪聿芃皺起眉頭，「我又不是跑樓梯冠軍！」

「好啦！」他踏上四樓，「正常人都沒妳走得慢，都快下課了！」

「還沒打鐘啊，幹嘛這麼急！」她咕噥著，也沒人跟他們搶啊！

瞧這樓梯這麼寂靜，離下課鐘響還有一分鐘呢，緊繃之後就是全然的放鬆，她喜歡慢活。

「好，妳慢慢走！」溝通擺明了就是浪費時間！童胤恒逕自先往目標班級跑

去。

因為這是第三次了，童胤恒實在不想為了一個自找麻煩的人跑這麼多趟！查到了趙文凱的資料、藉由他同學確定了系級跟修課，但是卻跑了兩次都沒看到人，一來是他們自己也要上課，要找到自個兒空堂而趙文凱有課的時間不多，再來是聽說他這週翹課翹很凶，同學在傳是不是因為玩都市傳說的關係咧！

今天是確定有線報，小蛙有個朋友的選修課跟趙文凱同一堂，結果這種不太抱希望的選修課，那傢伙居然出席了！消息傳來，他便趕緊拖著汪聿芃過來準備堵人。

下課鐘響，汪聿芃這才慢慢走來，他們分站前後門，得堵到趙文凱跟他好好談談。

「喂，趙文凱！你還會繼續嗎？」

人潮走得差不多了，但還剩下幾個人好奇的圍住教室中間的位置。

童胤恒站在後門輕哂，看來人很好找啊。

趙文凱微笑著收拾桌上的課本，一臉稀鬆平常，「當然會啊！今天才第八天呢！」

「欸，真的都沒什麼怪狀嗎？」同學好奇的問，「就是你對著鏡子時？」

「沒有啊！你回去對著鏡子，你會覺得奇怪嗎？」他還打趣的反問同學，「如果你會覺得奇怪的話……」

「喂！說正經的啦！」

「很正經啊！就一般對著鏡子啊，你對鏡子洗臉刷牙時也不會怪啊！」趙文凱一臉理所當然。

「但是你是對著鏡子裡的自己問……你是誰耶！」另一個男生好奇的歪著頭，「自己都不會越問越詭異？」

只見趙文凱笑了起來，笑得非常無奈，「你們都有看我直播吧？有覺得哪裡不對嗎？再說了，如果改成我很帥，你們會覺得怪嗎？」

我很帥咧，現場一片哄堂大笑。

「哈哈哈！這我說不出口啦！」

「有的事自己知道就好了，我很帥這種事要別人來講比較準確！」

「最好啦！」

同學們嘻鬧起來，剛剛那種緊張的氣氛也消失了。

「所以眞的沒什麼喔？我去查了網路耶，都說什麼一直問，到最後你會不知道自己是誰！」這是另一個女孩，滿臉好奇，「就格式塔崩壞啊！」

「我叫趙文凱，心理系三年級。」他倒是無奈，「我知道還有人說什麼自己看久了，就會覺得我不是我！問題是我們是人，看著的是自己啊！最好這麼輕易就會把自己忘了！」

「對啊……我以前就覺得這個都市傳說修誇怪怪。」

「就像一直唸我很帥，我也不會眞的變帥啊！」平頭男孩笑了起來，「還是我會自以爲很帥？」

「那就糟糕囉！」朋友吐嘈著。

「我覺得眞的這樣很棒耶！」趙文凱持不同意見，「光對自己說說就能催眠成功，你就不必工作了，可以改走催眠這行！」

「靠！我突然覺得我前途無可限量！」

「最好啦！」

一片同學打鬧著，下一堂課的學生陸續進來，趙文凱幾乎是一夕成名，校內很少人不認識他，其他學生一進教室就認出他，交頭接耳的竊竊私語。

趙文凱跟同學們看時間差不多，揹起背包就要離開，大家都不太喜歡被注視。

「喂！你會繼續挑戰嗎？」果然有陌生同學問。

趙文凱揹起背包，點點頭，「會的，三十天做好做滿。」

「你不怕喔？」

「有什麼好怕的！」他從容笑著，還聳了肩，「我不是好好的嗎！」

他輕鬆的往後門的方向走，而早先出來的同學已經詫異的打量了童胤恒，「喂！趙文凱，你們社團的！」

趙文凱緩下腳步，吃驚的看著童胤恒。

「嗨！」童胤恒打著招呼，「有空嗎？能不能聊聊？」

他有幾秒的遲疑，一臉受寵若驚的模樣，緩緩點點頭，「我下節剛好空堂，應該可以！」

他們當然知道他下節空堂，否則也不會挑這個時候來找他。

「你最近還好嗎？」童胤恒親切的帶著他往前門的方向走，汪聿芃揮手打著招呼。

「呃……還好的意思是？」他有點尷尬，「什麼事都沒有喔……啊，你們有看我的直播嗎？」

「都有看！」汪聿芃回身說著，「雖然只有十次，但說久了會不會無聊啊？」

無聊？童胤恒瞪大了眼，這什麼形容詞？

「倒是不會，因爲很專心，還要算講幾次。」趙文凱轉向童胤恒，「你們看直播時有看到什麼嗎？」

「沒有，一切都很正常。」童胤恒略頓了頓，「你會害怕嗎？」

「爲什麼要？」趙文凱笑開了顏，「這不就是在挑戰都市傳說嗎？」

「你眞的不怕遇到都市傳說嗎？萬一發生什麼事呢？」童胤恒語重心長，「這不是在恐嚇你，只是你一個人在浴室裡，很難應付突發狀況的對吧？」

「唉，不會啦！」趙文凱擺擺手，「能發生什麼？」

回著頭的汪聿芃突然停了下來，認眞的看著趙文凱，「都市傳說是無法預料的。」

趙文凱差點撞上她，一個踉蹌，還是童胤恒及時伸手拉住他的胳膊。

「汪聿芃說得沒錯，要是能預料就不是都市傳說了，而且……這個都市傳說的例子很少。」童胤恒領著他往鐵皮屋的方向走，「只有所謂的格式塔崩壞，但這個……」

「感覺怪怪的對吧！所以我來實驗最好啊！」趙文凱眞的完全不在意，反而雙眼熠熠有光的看著前面，「我們這是要去社辦嗎？」

「嗯，那邊好說話。」童胤恒點了點頭，趙文凱開心的笑了起來。

這就是康晉翊的意思，類似一種交換條件，答應讓趙文凱進鐵皮屋成爲核心成員，但他必須停止挑戰都市傳說。

進入社辦時沒有別人，大家都有課，童胤恒請趙文凱坐在就近的沙發上，茶几上的糖果盒打開，那本來就是用來招待客人的；不過趙文凱哪肯坐！他簡直像劉姥姥進大觀園般，參觀著社辦的每一角落。

「欸……好煩。」他站在假人模特兒前，從屁股抽出了手機，「震動個沒完到底怎麼回事？」

「怎麼了嗎？」汪聿芃好奇的湊近，「喔喔，你女朋友！」

螢幕顯示著寶貝，但是趙文凱卻皺著眉盯著手機，另一隻手遲疑不已。

「不接你會有麻煩吧？」童胤恒給予良心的建議。

「但是……」他終於滑動了手機，「這樣……」

嗯？汪聿芃看著他的指頭在螢幕上左滑右滑，焦急得都皺起眉了，立即伸手救援，往綠色的通話那邊滑出。

「你沒對準接不了啊！」她不解的看著趙文凱，是有什麼障礙嗎？

「啊……難怪！」趙文凱趕緊接起手機，電話那頭的女生氣壞了。

『你不接電話是怎樣？不回訊息也不接！晚上不要去吃了啦！』咆哮音大到

不必開擴音，連站在五步之遙的童胤恒都一清二楚。

好尷尬啊，他摸摸鼻子假裝沒事的坐下，一邊招手暗示汪聿芃離人家遠一點。

「對不起，我剛剛在上課所以不能接啊！我現在不是接了……好，別生氣了。」趙文凱說起話來相當溫柔，哄著氣頭上的女友，「你跟我說幾點，在哪裡，我一定準時到好嗎？」

『趙文凱！你夠了喔！餐廳你選的你現在問我在哪裡！』

電話旋即掛掉，趙文凱一臉錯愕的看著手機，哎呀了聲。

「這件事可能比犯到都市傳說還嚴重。」汪聿芃中肯的拍拍他的肩，「你還是先解決這件事吧！」

「抱歉抱歉！」趙文凱雙手合十的道歉，拿著手機跑到社辦外，難爲情的趕緊回撥電話。

汪聿芃望著他衝出去的身影，挑了挑眉，轉身到辦公桌後的架子上取下本子。

「妳幹嘛？別亂拿副社的東西啊！」童胤恒緊張的站起來，一副怕她搗亂的樣子。

「簡子芸要我紀錄跟趙文凱的談話過程啊，你緊張什麼！」她噘起嘴，坐在單人沙發上，「雖然我不知道要寫什麼，他本人都說沒問題了。」

「妳寫妳的，其他我來，重點是要他放棄實驗都市傳說。」童胤恒嘆了口氣，「現在沒事，不代表三十天後沒事。」

否則這個都市傳說，爲什麼會說要連續施行三十天？

汪聿芃的位置剛好斜望出去便是門口，外頭的趙文凱正在努力道歉，她若有所思的皺起眉，看向了童胤恒。

「他連接女友的電話都有障礙耶。」汪聿芃拿起自己的手機比劃，「接聽是按住綠色的鈕滑開，他拼命在螢幕上滑，以爲這樣就能接。」

「什麼？」童胤恒一怔，「隨便滑？」

「對，就這樣。」汪聿芃立即示範手指在整片螢幕上左滑右滑，「隨便滑的，他是視力有問題嗎？」

「奇怪……」

「抱歉！抱歉！」趙文凱走進了社辦，剛好截斷了兩人的談話，「她好容易生氣啊，總算是安撫了。」

「那樣子誰都會生氣吧！」汪聿芃皺起眉，不是她要幫女生說話，「你們晚

上有約會結果忘記了喔？」

「這是死刑吧！」童胤恒忍不住笑出聲。

唉，趙文凱一臉虛脫無力的坐到童胤恒身邊，「最近事情太多，我根本分身乏術，無法去思考這些事……每天光是處理回應就來不及了。」

「回應直播的事嗎？」童胤恒抓住了話題，「提到這點，我們有件事想跟你說。」

「是？」趙文凱正襟危坐，一臉期待。

「咳，那天她，汪聿芃，說的話你不要放在心上。」童胤恒越過他，指向了汪聿芃，「什麼要經驗值這些，我們社團根本沒這麼規定。」

嗯？趙文凱向右看向坐在單人沙發上的汪聿芃，她腿上枕著大筆記本，不太高興的扯了嘴角。

「不過我覺得她說得有理。」趙文凱轉回來正視童胤恒，「想想近來發生的事情，你們共同遭遇這麼多，有革命患難情感是理所當然的，像我們這些外人，一定很難融入的！」

「不不不，這不是重點！」童胤恒趕緊更正，「我們都喜歡都市傳說，也不否認能碰見都市傳說心底很恐懼還是會喊讚，但是並不希望被捲入都市傳說啊！

你……你知道于欣吧？」

提起于欣，趙文凱蹙眉頷首，「我知道，校刊社那個女生……」

「都市傳說是件隨著危險及死亡的，眞的是讓人既期待又怕受傷害啊……」童胤恒嘆了口氣，「所以我代表社團跟你道歉，我們完全不想鼓吹任何人挑戰都市傳說！」

「呃……沒關係，我能理解我也接受了！」

「哎唷，他就是不想要你接受啊！」汪聿芃忍不住插話了，「不要挑戰都市傳說，太危險了，停止吧！」

「咦？」趙文凱倏地向右看去，他左邊的童胤恒吹鬍子瞪眼的，一定要這麼直白嗎？他在鋪梗啊知不知道？「停止？」

「對，你如果眞的喜歡我們都市傳說社，就應該知道學長們以前發生的所有事件吧？」汪聿芃口吻完全警告，「一個人的捉迷藏也是試驗，下場是什麼記得嗎？」

「火燒房子，據說是娃娃回來了……但那是因爲沒有將一起玩捉迷藏的娃娃處理好！」趙文凱深呼吸後挺直背脊，「我不會犯這種錯誤，我會——」

話到這裡，他梗住了。

「你會什麼？趙文凱，這個都市傳說幾乎沒有前例的啊！」童胤恒實在不懂這傢伙的自信從哪裡來。

只見他搖搖頭，依然堆滿微笑，「我說會做完三十天，就一定會做到底。」

「為了面子嗎？」汪聿芃直截了當的問，「因為已經對大家公告了，怕被酸沒種？」

童胤恒略深呼吸，她可以不要說得這麼直接嗎？

「才不是，我如果不敢的話，一開始就不會公告了啊！」趙文凱肯定的看著汪聿芃，「我就是要挑戰，才不會半途而廢！」

「眞妙欸你，要是你出事的話會很麻煩的！」汪聿芃直接指向童胤恒，「他們就會怪我，說是我鼓勵你這麼做的！」

「呃……」趙文凱尷尬的笑著，「好像也不能說不是。」

「就不是！」汪聿芃急了，一秒反駁，「現在已經說你可以進來啦，那你就可以停止了不是嗎？」

「我……」趙文凱頓了幾秒，深呼吸一口氣，「還是想要用自己的力量獲得入核心的資格！」

童胤恒忍不住扶額，「我的天哪！趙文凱，我一開始就說了，我們從來沒有一個規定是說要挑戰都市傳說才能入核心的！」

「但我想光明正大！」趙文凱雙眼熠熠有光的看向汪聿芃，「如果我眞的遇到都市傳說，會給我那張集點卡嗎？」

「汪……」童胤恒才想阻止，她已經點頭了。

「會！你會有一點！」她也肯定的回應，卡片本來就是她製作的，沒問題啊！

「我會加油的！」

「加什麼油啊！遇到都市傳說非死即傷啊！」童胤恒不耐煩的嚷嚷，「根本沒有全身而退的時候啊！」

汪聿芃就算了，但趙文凱到底是太熱愛還是神經大條？他絲毫不以爲忤，每次遇到都市傳說的境遇，血淋淋的紀錄在社團裡，正常人看了也該害怕吧？

「我不會有事的，就只是對著鏡子說話而已啊！」趙文凱拍了拍童胤恒的肩，「你覺得我有可能忘記我是誰嗎？」

童胤恒挑眉，他回答不出來，都市傳說沒有邏輯的。

「有事你可以隨時來找我們喔，要進來也行，社長說了沒關係！」汪聿芃把手機遞前，上面是QR碼，「加一下吧！」

「……噢。」趙文凱看著遞來的手機，遲疑的也拿出自己的手機，調出通訊

軟體後，開始尋找掃描的地方。

童胤恒就坐在他身邊，下意識的朝汪聿芃瞥去，他們交換眼神，一副「你看吧」的樣子。

「你沒用這個掃過喔？」童胤恒主動出聲幫忙了，「上面加入好友那邊。」

「我都用ＩＤ找。」趙文凱顯得很困惑，但總算找到了掃描的地方。

「點這個掃描，再對準她的ＱＲ碼就好。」童胤恒解說著，趙文凱倒是很快的就掃好，新朋友「汪聿芃」立即進入。

接著童胤恒也出示了自己的，這樣有事方便聯繫。

「只要有任何不對勁，一點點怪怪的都跟我們說。」童胤恒強調著，「別說服自己，都市傳說很容易發生在細微處。」

「而且萬一是在你直播中出狀況，你隨時中止沒關係，千萬不要爲了面子撐下去啊！」汪聿芃轉動著筆，「然後浴室門不要上鎖，逃亡路線要先安排好。」

「逃亡……哇！」趙文凱有點詫異，「這是經驗談嗎？」

嗯！汪聿芃點頭點得自然，遇過這麼多次了，很多都還無可預料，趙文凱對著鏡子問「你是誰」，似乎還比較有機會逃脫……吧。

「再考慮一下，不要以身試險。」童胤恒依然嚴肅勸說，「我們遇到都市傳說也不是用挑戰的啊！」

趙文凱不想跟童胤恒再繼續爭論，以微笑帶過。

「那個我有事要先走，剛剛我女朋友生氣了，我得先去安撫。」他起身抓過包包，「我下次再來！」

「你——」任務尚未結束，童胤恒打算使命必達。

「你們晚上要去哪裡吃飯吧？」汪聿芃直接打斷，輕快的走到趙文凱身邊，「交往紀念日喔？」

「不是，是跟她朋友吃飯。」趙文凱顯得有點憂心，「也有我朋友啦，我眞不想影響到直播。」

「你十一點直播耶，又不續攤怎麼會影響到！」汪聿芃一路送他出去，「去哪兒吃？我幫你想想附近有沒有花店什麼的，在她朋友面前做足面子，她就氣消了。」

趙文凱啊了聲，拿起手機開始滑動訊息，「在森之家！」

「旁邊就有花店！」童胤恒接口，「也不必買太貴，包裝漂亮就好。」

「好的，謝謝！」趙文凱回首再看了一眼社辦，「我有空一定再過來！」

用力鞠了躬，趙文凱揹起背包匆匆的從右方離開鐵皮屋。

汪聿芃站在門口拼命揮手，笑開了顏逐漸收起，一轉身就瞥向童胤恒，「他怪怪的。」

「我也感覺到了。」童胤恒立即頷首，「他跟那天在外面叫囂爭論的模樣根本完全不一樣。」

那天在外面的趙文凱可沒這麼溫文儒雅，說話每句都很嗆，還帶著挑釁威脅，開口時下巴都會跟著往上抬，一副要幹架的樣子，跟小蛙有八十七分像。

「感覺好像不同人咧，連說話方式都不一樣！」汪聿芃趕緊跑回茶几邊，拿起簡子芸交代的筆記本，「有禮貌到我都起雞皮疙瘩了。」

「眼神也完全不同……再說衣服，他今天衣服塞進褲子裡耶，超整齊。」童胤恒仔細回想每個細節，「對手機使用的陌生度我無法判定，因爲到現在還是很多人不會用行動條碼，但是……接電話失誤就有點扯了。」

「你看喔，加起來的話就：不會接電話、忘記晚上有約、忘記自己選的餐廳，說話方式、口調、服裝都不同──」汪聿芃眼神從本子往上移，「這是被上身嗎？」

「被上身可以這麼平和就好了！」童胤恒憂心忡忡，「會不會是都市傳說的關係？他眞的……忘記他是誰了？」

這麼有效嗎？汪聿芃看著筆記本上的紀錄，沒有實例的都市傳說，究竟會怎麼發展？

「我們要不要去觀察一下？」她亮了雙眼，「我晚上沒打工！」

童胤恒一怔，緩緩搖頭，「我也沒有……森之家很貴！」

「就兩餐省一點嘛！」她立即愉快的拿起手機，「我來訂位！」

唉唉，森之家是A大學校周邊算高級餐廳了，吃一餐可以在外面吃四餐左右的義大利排餐店……不過他無法拒絕汪聿芃的想法，因爲如果趙文凱眞的有狀況，他能忘記手機怎麼使用、忘記與朋友相約……

那麼，他會記得那些朋友嗎？話題是否能開啓？

雙方朋友見面應該也是某麼節日吧！他也記得那個節日嗎？

從旁觀察的確是最佳方式——如果眞的出現異狀，他眞的相信是都市傳說。

「我沒聽見什麼啊……」這時他就有些懊惱，雖然聽見都市傳說的聲音讓他心煩又畏懼，但是多少有用處。

「說不定這次是沉默的都市傳說。」汪聿芃聳聳肩，「畢竟是單向的說話嘛！」

對著鏡子說話的，只有趙文凱一個人啊。

第四章 轉變

童胤恒刻意提早抵達森之家，有預約牌的桌在餐廳靠門口處的四人位，如此便於他尋找最佳位置，要能觀察到人又不會被發現的角落是最好的了。

手機的訊息下午倒是響得頻繁，趙文凱沒事就轉笑話過來，漸漸令人生厭。汪聿芃因為有課，所以會晚一點到，時間據趙文凱他們相約的時間太近，這讓童胤恒有點擔心。

康晉翊傳訊問了勸說狀況，童胤恒表示鎩羽而歸，趙文凱非常堅持，要做完三十天的實驗，對著自己問三百次的「你是誰」。

『還是我去找他談？』康晉翊焦急得打電話來。

「沒有用，他很堅持……」童胤恒看著門推開，汪聿芃來了，「還眞的要怪汪聿芃！」

什麼？一走近桌邊就聽見自己的名字，汪聿芃無辜的指指自己。

『對……她提供了選項！』康晉翊根本無力，『都讓他進來了又不要，萬一出事怎麼辦？』

「呃……」童胤恒很想說可能已經出事了，但電話中不便多言，「先這樣吧，他看起來很喜歡社辦，以後應該會常去，有機會遇到再勸勸！」

『好，那先這樣！我跟子芸要回去了。』

康晉翊那邊斷了線，手機拿離耳邊，童胤恒卻發現螢幕顯示還沒掛掉。

「又說我什麼？」對面的女孩坐下，不解的皺眉。

童胤恒示意她先等等，手機拿起來繼續說：「喂，康晉翊，你沒切掉喔！」

『你是誰？』

喝！童胤恒瞬間僵住身子，瞪大了眼驚恐的緩緩……看向對面的汪聿芃。

不是康晉翊的聲音！他的指尖泛麻，尚未及過去那種全身無法動彈的狀態，但他知道這是什麼！

無法言語，他只能聽著電話裡詭異的聲音。

『你是誰？』對方又問一次。

僵硬的手指死箝住手機，指尖都泛了白，汪聿芃驀地起身，自桌子對面伸手就搶下他的手機，立刻關機。

呼……童胤恒身子陡然一軟，垂下雙肩，無力的撐著桌面，大大鬆一口氣。

「天哪……」他緊皺著眉，恐懼的看著在汪聿芃手上的手機，「妳知道我聽見什麼了嗎？」

「都市傳說，我只知道這樣。」她又重新開機，「你整個人都僵住了，我超會分辨的……都市傳說會打手機嗎？」

「我不知道……但聲音是從裡面出來的！」童胤恒渾身冷汗，扶額看著一旁的牆，「他問我：『你是誰？』」

咦？汪聿芃詫異的瞪大雙眸，「哇喔……所以……」

想著，她逕自打了個寒顫。

兩個人直瞪著彼此——「你是誰」的都市傳說是存在的！

「那趙文凱怎麼沒事？」汪聿芃迸出的第一句話是這個。

「他變得奇怪了不是嗎？」童胤恒腦子一片混亂，「但他記得自己是誰，跟……跟傳說的不一樣。」

兩個人心跳都很快，既雀躍又興奮，但同時恐懼又心慌，據上一個事件不出一個月，又一個都市傳說！

而且這一次不比上次好，連個例子都沒有！完全無法捉摸啊！

是說有先例也不一定有用，都市傳說毫無邏輯可言！如果凡事能早預料，于欣就能平安了不是嗎？

「你是誰會透過手機，這個一定要紀錄下來。」汪聿芃隨即抽起隨身的筆記本，「男的還女的？」

「男的，而且像男人，很成熟的嗓音。」雖說聲音不能百分之百斷定，但是

那聲音眞好聽。

餐廳木門推開，門上的風鈴清脆響起，童胤恒他們的位置在窗邊窄廊的角落，因爲有個五十公分寬的牆面遮掩，是相當好的掩護。

汪聿芃背對著門口，而童胤恒只要往右手邊的牆邊貼，就可以斜望到門口那桌。

他立即暗示拿起菜單，汪聿芃則從容不迫的坐正；爲了不被認出，她還刻意抽空堂回宿舍加外套，再把頭髮綁起來呢。

一群學生嘻鬧的進來，先開口的是女生。

「我姓蘇，我訂了四位！」

汪聿芃一怔，她認得這聲音！拿菜單巧妙隔著，用嘴型說著：趙文凱的寶貝。

「厚，什麼寶貝！」童胤恒翻了個白眼，「就說他女友就好了啊！」

「螢幕是這樣顯示的啊！」汪聿芃嘟起嘴，她是哪裡說錯了啦！

好，不抬槓，童胤恒透過菜單的掩飾偷瞄著，趙文凱的女友意外的正耶，身高最少超過一百七，穿著一件短熱褲，腿好細啊……再往上瞧，細肩帶背心還露肚臍，一頭長直黑髮，超吸睛的那種妹子！

趙文凱已經逕自入席了，朋友恰好也是一對男女，很可能都是情人。

「哇，好久沒吃大餐了！」馬尾女孩興奮的拿起菜單，「蘇蘇，今天說好是我們一起請妳喔！」

「謝謝！」蘇蘇笑得燦爛，「讓你們破費了！」

「生日快樂啊！」一旁的紅背心男孩拿起桌上的水杯，「二十歲耶！」

所有人都拿起水杯，以水代酒祝蘇蘇生日快樂。

唯趙文凱有些不情願，垮著一張臉，但還是很勉強的舉起水杯。

汪聿芃偷瞄一眼皺眉，啊花咧？花買到哪裡去了？

「阿凱，你是怎麼了？心情不好喔？」紅背心男不解的問，「是不是壓力太大？」

趙文凱擰眉，睨了他一眼，「我有什麼壓力？」

「直播啊！」馬尾女語氣難掩興奮，「就是你在挑戰那個……都市傳說啊！」

「對對對！」男孩好奇的驅前，「你都不會怕喔？」

趙文凱嗤之以鼻的笑著，「幹！有什麼好怕的！」

——咦？——汪聿芃直接轉了頭，說好的禮貌呢？

今天下午那個溫文儒雅、文質彬彬的傢伙到哪裡去了？

童胤恒驚愕的抽氣，幸好趙文凱跟蘇蘇恰好背對他們坐著的，否則照汪聿芃這種激動的動作，鐵定一下就被看見了啊！

「我就覺得去挑戰這個太可怕，根本沒事找事做！你們也幫我勸勸他！」蘇蘇跟朋友求救著，「他說什麼就是不聽，非要挑戰完三十天不可。」

「就跟妳說沒什麼了，妳是在囉哩叭唆什麼！」趙文凱口吻裡滿滿的不耐煩，下午說好的安撫咧？

「可是那是都市傳說耶！」馬尾女也有點心驚膽顫，「萬一出事怎麼辦？」

「不會啦！」趙文凱忽地湊前，雙臂交疊在桌上，「欸，你們也應該試試看。」

「嗄？」紅背心男一怔，「我才不要！無緣無故何必自找麻煩！」

「試一下又不會怎麼樣！我沒要你們撐三十天啊！」趙文凱說得神祕兮兮，「試個幾天，會有特別的體驗喔！」

蘇蘇擰起眉看著他，「什麼特別的體驗？不就只是對著鏡子說話嗎？」

「會看見不一樣的新世界！」趙文凱也看向自己的女友。

對面那對情侶一怔，不由得面面相覷，「所以……你看到什麼了嗎？真的是都市傳說？」

咦？汪聿芃豎起耳朵，對啊，難道趙文凱真的在問著自己你是誰時，看見了其他東西？

「能看見什麼？就是一個獨處的時間，況且你們真的思考過自己是誰嗎？」趙文凱向後靠著椅背，雙手枕著後腦杓，「你是個什麼樣的人？瞭解多少？」

「哇唷！」紅背心男無力的笑著，「怎麼突然這麼哲學？」

「別理他，還什麼新世界！我只覺得他變得莫名其妙！」蘇蘇不滿的抱怨，「整副心思都在這個都市傳說上，明明就每天只花幾分鐘而已，卻著魔似的，還會一直重看自己的直播！」

「你的直播就只有對著鏡子問『你是誰』而已耶，這有什麼好重看的？」馬尾女也覺得莫名其妙。

趙文凱撇過頭，沒有很想回應。

「我是覺得停了啦，不怕一萬只怕萬一，真的不必拿自己生命開玩笑。」紅背心男誠懇的說，「連都市傳說社都不知道會發生什麼事不是嗎？」

「煩不煩啊！」趙文凱驀地正首，一掌就拍在桌面上，「我想幹嘛就幹嘛，你們囉唆個什麼勁！」

這動作大到讓整間餐廳都安靜下來，所有人目光都投向趙文凱，他的女友更

是一臉不可思議。

「你凶什麼啊！今天你是怎樣？先是忘記我生日就算了，還忘了聚會，好不容易來了這邊又發脾氣。」蘇蘇也不爽的拍桌子站起，「你不想來就直說啊，大家分一分好了！」

趙文凱沒有說話，卻一巴掌直接將蘇蘇打飛！

「哇！」蘇蘇整個人趴上自己的桌上，附近一堆人都站起來。

「幹什麼動手啊！趙文凱！」對面的紅背心男跳起，「你走火入魔嗎？」

馬尾女起身拉著蘇蘇，女孩不可思議的撫著臉頰，看向竟對她動手的男友，一臉不可思議。

趙文凱順手抄起桌上的玻璃水杯，竟狠狠的就往對面的男生額頭上敲去，瞬間鮮血四濺，尖叫聲四起。

「呀——」餐廳裡所有的人都嚇得站起了，怎麼突然上演全武行？

男孩被重擊向後踉蹌，撞開了椅子倒在地上，馬尾女慌張的立刻蹲下探識，「阿風！你幹嘛啊？趙文凱！」

「趙文凱！你這麼認眞幹嘛，你眞的——」阿風喊到一半，鮮血流進了眼裡，「啊啊……」

「閉嘴！」趙文凱怒吼著，又動手把桌面上的另一個杯子朝女孩掃去，杯子砸上地面，迸破一堆碎片。

蘇蘇驚恐的後退到櫃檯邊，看著發狂的男友不知所措。

阿風痛得直撫額角，鮮血直流，學生們開始嚷著叫救護車，還是先拿東西止血，再送他去醫院！

但趙文凱並沒有停手，繞過桌子再逼近倒地的阿風跟他女友。

有沒有搞錯啊！童胤恒大步跨前就準備阻止，但旁邊那桌的人出手更快，直接握住了趙文凱高舉的右手。

「喂！住手！」男孩嚷著，使勁拽下。

其他人趕緊由後拖走阿風，避免衝突更大，但是被制止的趙文凱一轉過身，就是狠狠一拳朝出手的男孩臉上打去。

「夠了！」童胤恒雙手驀地握住趙文凱的右手腕，逕直把他往後推。

趙文凱掙扎著，不爽的抬頭看向童胤恒，眼神卻凶狠得令人不寒而慄——趙文凱？

「都給我滾！」趙文凱大吼著，曲膝直接擊向童胤恒的腹部！

童胤恒早有準備，鬆手後退，但失去箝制的趙文凱跟瘋了似的，凶狠的環顧四周，一副神擋殺神、佛擋殺佛之態。

「文凱？」蘇蘇站在櫃檯裡，不可思議的看著他，「你究竟怎麼了!?」

趙文凱什麼也沒說，伸腳踹開桌子，左邊再踢開椅子，直接往門外衝去，門邊還因爲躲了一對小情侶，竟也被他揪住衣領向後扔，一個狼狽倒地，一個胸口撞上櫃檯。

叮鈴鈴，連風鈴都聽得出粗暴，人就這樣走了。

原本是溫馨的木造小屋餐廳，現下凌亂不堪，數張桌子被踢歪，椅子倒地，剛剛桌上已經有餐點的不是傾倒，就是因踢踹桌子而掉落。

一地凌亂不說，有人被推被打，阿風最嚴重，額角血流如注，即使用手按壓傷口，血還是從指縫裡流下。

「報警！」有人嚷嚷，「快點報警好了！」

櫃檯工讀生慌張的看著店長，店長直接說我來，閃進入櫃檯時，蘇蘇也尷尬的走出來。

「對不起，可不可以……」她緊張的開口，想爲趙文凱求情。

「等一下！」第一個阻止趙文凱的男孩出聲，「有必要報警嗎？」

嗯？童胤恒回身，詫異的才發現是熟人！

「鄧明軒？」是二社的組長。

「啊，童胤恒！好巧！」鄧明軒打著招呼，他身後那桌果然都是二社的社員，「那個受傷的同學，你要報警嗎？」

女友正殷切關心著阿風的傷勢，但這個問題卻明顯讓他們兩人遲疑。

「阿風，小綠……」蘇蘇果然求情，「報警的話，阿凱他是不是就……會被抓啊？」

「他傷了人當然是犯罪啊！多少人被打了耶！」汪聿芃揚聲，「打完人就跑也太爛了！」

「他不是這樣的人，我不知道他今天為什麼突然這麼暴躁，到底發生什麼事……」蘇蘇一邊說，鼻子酸楚湧上，難受得掩鼻低泣。

馬尾女孩見狀，立即蹙眉，「蘇蘇，妳別哭啦！我們沒有要報警啦！」

「沒有？」汪聿芃不可思議。

滿臉是血的阿風搖了搖頭，「都朋友沒必要這樣！阿凱今天是過分了，但我也不想跑警局……先去醫院吧！」

「我載！」小綠趕緊扶著男友起身，蘇蘇也機靈的繞到男孩另一邊攙扶。

其他被影響的人驚魂未定，餐廳被砸成這樣子，大家飯還要不要吃啊？

「喂，同學！」店長果然立即攔下蘇蘇，「那是妳男友吧？晚上的賠償事宜我們要談一下。」

「賠……」蘇蘇花容失色，「我哪有錢賠啊！」

「不是叫妳賠，但我們又不知道那個人是誰，既是妳男朋友，我們也得留個聯絡方式吧！」店長拉住蘇蘇，小綠憂心阿風的傷勢，僵持不下。

童胤恒最後上前讓蘇蘇鬆手，她死拉著阿風沒有用，得讓傷者先去就醫！

「他跑了當然妳倒楣啊，要怪回去怪妳男朋友。」汪聿芃也湊到櫃檯邊，「阿風的事不報案，店家也是要報案的吧？」

「什麼？」蘇蘇一聽大爲緊張，果然早有工讀生拿著手機到後頭報警了。

都砸店了，不報警能怎麼了！

「不不！等等，我們來談一下吧！」蘇蘇緊張的都快哭出來了！

「就是賠償，也要在警察協助下談比較好！」店家依然撥出了電話。

雖然進了警局也是談和解，但蘇蘇想閃躲是躲不掉的。

「你們怎麼這麼巧也來這裡吃？」鄧明軒好奇的上前打招呼。

「不是巧，我們故意來吃的。」汪聿芃回得自然，「那個趙文凱……簡直像另一個人了啊！」

「是因爲都市傳說嗎？」社員謝原芬好奇上前。

汪聿芃聳了聳肩，她怎會知道！

她能確定的，只是下午那位趙文凱，跟晚上這位，絕對是兩個人！

「你是誰？」

螢幕上正在直播的趙文凱一如往常，認眞的對著鏡子裡問著，今晚童胤恒看得更加仔細，深怕錯失任何一點異常。

因爲，趙文凱已經出狀況了！

「你是誰？」

趙文凱的口吻就像平時一樣穩重且毫無情緒，汪聿芃把螢幕裡每一角落都看過了，還是看不出有什麼詭異。

而且這時候的趙文凱，反而最是平靜。

童胤恒握著手機的指尖有點發麻，總是在趙文凱每問完一句你是誰後，他就會渾身不對勁的一股寒顫，但是卻沒有聽到其他聲音。

直播結束，緊繃的神經卻未能放下，童胤恒坐在自己的書桌邊，一時之間還無法平復，緩緩舉起自己的右手，指尖的電麻感依然存在。

像是聽見了都市傳說的聲音，卻又根本沒聽見。

直播結束，他再播放一次，卻已經沒有剛剛那種麻痹感。不安的瞪著手機裡的趙文凱，他索性打給汪聿芃。

「是嗎？有，我剛也有看。」汪聿芃從房裡的日式矮桌子站起，「我還是覺得他眼神怪怪的，心有偏見了，所以不準。」

『眼神？我看他就是對著鏡子唸而已啊！』那頭的童胤恒嘆口氣，『他的手上還有打人的傷痕，好像都沒在怕的。』

「可憐他女朋友還被他害得進警局咧！」汪聿芃撈過衣服，準備進浴室洗澡，「我要是那個寶貝，我回去第一件事就是分手吧！」

『我比較擔心她會出事，我晚上跟趙文凱四目相交過，他那個眼神……很駭人！』童胤恒一時找不到適切的形容，『說不定還會動手打那個女的。』

「那……還是明天再去堵他？」汪聿芃試探性的問著，感覺童胤恒很不放心啊。

『他下午表現得很喜歡社辦，也或許會直接去社團！我得跟小蛙他們提醒一下。』童胤恒再度嘆氣，『面對完全不知情的敵人眞可怕，尤其是都市傳說……

好了，不吵妳了，晚安。』

「嗯。」汪聿芃默默點頭，「晚安。」

切斷電話，汪聿芃望著手機露出淺笑，然後把手機調成靜音。

關於這一點，她早就想過了，較之於其他所有曾發生的都市傳說，幾乎都有前例，或至少有一點點蛛絲馬跡，可以去思考或面對；唯有第十三個書架時，令學長姐們措手不及，完全不知道那是什麼。

所以當年夏天學長他身處其中，學長姐們也是千鈞一髮才把學長救下來。

她撓了撓頭，將手機放在鏡台前，轉身將浴室門關上。

走到鏡子前，還稍微打理了一下服裝儀容，接著對著自己劃上微笑。

「第八天，」她平靜的對著鏡裡的自己，「哈囉，妳是誰？」

第五章 詭異的端倪

蘇蘇拖著疲累的身子回到宿舍，燈火通明表示有人在家，一進門是條窄廊，廁所在右手邊，接著才是他們小小的套房。

指尖勾的包包與提袋滑落，她看著緊閉的廁所門，簡直怒不可遏！

「趙文凱！你給我出來！」她發狂的拍著門，「不要再直播了！」

磅磅磅，她氣急敗壞的敲著門，聲音其實大到對門的學生都聽得見；他們只能無奈聳肩，大家都知道挑戰都市傳說的狂人就住在這兒，晚上他在森之家打架的影片早就到處流傳，人盡皆知啊。

吵架剛好而已。

「你打我！還把我扔在那裡！就為了回來直播嗎？」蘇蘇近乎歇斯底里，「我……我……」

她又氣又急的重新蹲回自己剛滑落的包包邊，慌亂的翻找硬幣，這種門誰都會開，別以為鎖著就沒事！

喀，喇叭鎖扭開的聲音傳來，蘇蘇立即跳了起來。

不滿的情緒高漲爆發，一見到打開門走出的趙文凱，蘇蘇直接雙手並用朝他胸膛就是一推！

「啊……」趙文凱才開門就被推得踉蹌，向後撞上了門。

「去死！去死去死！」蘇蘇一撲上去就是接二連三的狂搥，「居然把我扔在那裡！你知道我剛才做完筆錄回來嗎？直播？什麼都市傳說！」

欸……趙文凱冷不防雙手一環，緊緊的將蘇蘇攬進了懷裡。

被突如其來的擁抱嚇到，蘇蘇先是呆愣，但趙文凱溫柔的撫上她的髮，輕扣螓首往胸膛裡靠去。

委曲與不滿的淚水瞬間奪眶，蘇蘇依然氣得想掙開他。

「你放開我！放——放手！」扭動著身體，卻依然不敵趙文凱的力量。

「對不起，對不起！」趙文凱輕柔道歉，抱得她更緊，「別生氣了！都是我不好！」

「你不好？你以為這樣幾個字就可以打發了嗎？」蘇蘇哽咽的繼續找空隙搥，「你發瘋打人、你砸店，囂張的說走就走，我被店家留下來、進警局到現在才回來！」

「真的對不起！」趙文凱誠懇的望著她，「我今天情緒難以掌控，我也不知道為什麼就是心浮氣躁……」

蘇蘇用手肘頂開他，轉身往房間裡去，就著床緣一屁股坐下，滿腹盡是辛酸與忿怒，心情激動不已。

趙文凱見狀，趕緊挨到她身邊坐下，再度輕聲細語。

「賠償的事我會負責，明天我也會親自去店家道歉，還有阿風他們……他沒事吧？」趙文凱凝重的低下頭，「我知道一切都是我不好，我會去道歉的，阿風的醫療費我也會出！」

蘇蘇緊抿著唇，忿忿的略微頷首，斜眼瞪著他。

「你到底是怎麼了？」她向後撥動長髮，「你平常不是這樣的，而且今天阿風也沒說什麼，你竟然拿杯子打破他的頭！」

趙文凱倒抽一口氣，「這麼嚴重？天哪……」

「縫了五針，你說嚴不嚴重？阿風是看在我的面子上，不想告你，要不然你現在還能在這裡驚訝嗎？」蘇蘇淚眼汪汪，看著蹙眉的趙文凱，「是因爲直播的關係嗎？晚上你眞的怪里怪氣？」

「不，不是，跟那個無關。」趙文凱即刻否認，「是我心神不寧，我自己的問題……我得先打給阿風，手機……手機，在浴室。」

他才要起身，蘇蘇立即拉下他，「阿風需要休息，你現在打去是吵他……不如明天親自見面跟他道歉，他要是沒上課，你就去宿舍找他！」

趙文凱回首，想著有理點點頭，再度坐下。

他留意到蘇蘇臉頰的紅腫，心疼的伸手撫上，未觸及立即就被蘇蘇甩了開。

「蘇蘇……很痛吧？」

「廢話！你要讓我打打看嗎？」蘇蘇瞪著他，「這是你第一次打我！你眞的怪怪的……那個都市傳說，該不會是眞的吧？」

趙文凱再度搖了搖頭，「就跟妳說不是！最近有點事，被大家關注的感覺沒有我想像的好，到哪裡都有人一直在問我都市傳說的事，還有今天下午，連都市傳說社的人都來找我了……」

咦？蘇蘇瞪圓雙眼，「是社長嗎？」

「不是，是外星女跟童子軍，也是很核心的人了。」他露出一抹複雜笑意，「他們說就直接讓我入社，要我放棄挑戰都市傳說。」

「我贊成！這個提議很好啊！這不是你一直想要的嗎？」蘇蘇趕緊拉住趙文凱的雙手手腕，「我也不想你再挑戰這個東西了，我不管這是眞是假，從開始直播到現在，一切都不對勁了！」

「我沒有！這眞的沒事，這是假的！」趙文凱好生安撫女友，「妳明知道的，就算挑戰完三十天我也不會有事！」

「三十天？趙文凱，你眞的還要挑戰下去？」蘇蘇再次打掉他伸來的手，

「我不管！你明天就加入社團，宣布停止挑戰！」

唉，趙文凱無奈的看著她，「妳怎麼就不懂呢！」

「我不想懂！」蘇蘇難受的皺眉，「我沒有辦法這樣撐過三十天的，關鍵在你眞的很怪啊！」

「妳眞的想多了，打從一開始我要挑戰妳就很反感了。」趙文凱起身，朝浴室門口走去，「我明明都沒怎樣，不是嗎？」

不是。

望著他的背影，蘇蘇百感交集，不說晚上的失控揍人，就連現在這樣的溫柔，都不像是她的男朋友阿凱。

阿凱是衝動派，個性外放活潑，說話比較嗆，一直都認爲自己很厲害，還有些城府，喜歡耍手段，絕對稱不上什麼好人或是正人君子，但也不是什麼壞人就是了。

所以發狠的揍人，她從未看過，阿凱還說過，不爽就動手的人都是傻子，要用點腦子，不費氣力就能讓對方吃不完兜著走才是高手；而像剛剛這種輕聲細語、溫柔穩重？

話語誠懇到她都要起雞皮疙瘩了，阿凱就算自知理虧，也不會說出「對不

起」三個字！

這是她男友，她愛著的也瞭解的人，他會拐彎的討好她、會去買她愛吃的食物，但他絕對不會道歉的！

「啊，妳有買吃的回來？」趙文凱拎起她扔在玄關的袋子跟包包。

「廢話，晚餐都被你弄成什麼樣了。」蘇蘇按捺下複雜的情緒，起身到桌旁拿起髮圈束起長髮，「你也沒吃吧？」

趙文凱看著手裡的食物袋，這份量一看就知道不是一人份，他抬起頭，對著蘇蘇泛出了幸福的笑容。

「謝謝妳！」他疼惜般的望著她，「有妳眞好。」

蘇蘇略深吸了一口氣，尷尬的淺笑，「幹嘛這樣，有點噁心，我承受不住。」

「哈哈！好，我們吃飯！」趙文凱趕緊刻意的繞到她身後拉開椅子，像紳士般請她坐下，蘇蘇是怪彆扭的，但也覺得新奇有趣。

將食物一袋袋取出，蘇蘇買了鹽酥雞跟飲料，另外還買了滷味攤的冬粉跟拉麵。

「哇，好香！用聞的就肚子餓了。」趙文凱叉起一塊杏鮑菇，「好好吃喔！」

蘇蘇略微訝異的看著他，眨了眨眼。

「快吃吧！都涼了！」趙文凱也叉起一塊雞肉，往蘇蘇嘴裡送。

蘇蘇遲疑的張口吃下，順道爲飲料插入吸管，「喏，幫你買奶綠。」

「謝謝！」趙文凱接過連續大口，好奇的看著蘇蘇的飲料，撒嬌般的湊前，「我也要喝！」

「你？」蘇蘇眼睛瞪得圓大，「我這杯檸檬蘆薈耶！」

「喝一口嘛！」趙文凱湊前，蘇蘇皺著眉將吸管嘟過去。

見趙文凱喝了一大口，她倒是擔憂，果然他略微皺眉，不過一下子就咂咂嘴，直說她那杯比較好喝。

「我加酸減糖耶！」她咬了咬唇，「這酸度你行喔？」

「我覺得比我這杯好喝耶，下次我也要喝那種的。」趙文凱認眞的拿過她的飲料杯，看著上頭貼著的字條，「一分糖啊……記住了。」

拉過炸雞的袋子，趙文凱總是會先餵蘇蘇吃，才會叉給自己吃，直到蘇蘇說她自己來就好。

咬著炸雞塊，蘇蘇滿腦子都是疑問，這一桌的炸雞滷味，自然都是她跟阿凱的最愛，但是……連她討厭的青椒都能吃得津津有味的阿凱，是不吃杏鮑菇的。

還有，他連橘子都嫌酸，居然會說檸檬好喝!?

「嗯……」蘇蘇往桌上拖過一袋滷味，「金針菇，要不要？」

趙文凱一瞥，「好哇！」

不僅個性變得反覆，連味覺也變了嗎？

蘇蘇越想越不對勁，連她都開始懷疑「你是誰」的都市傳說是不是眞有其事，她不敢開口問阿凱，只是越觀察越覺得有問題，他看起來是阿凱，動作也差不多，但說話方式截然不同。

這狀況本讓蘇蘇輾轉難眠，躺在床上的她還用手機搜尋相關的都市傳說，卻沒有找到任何有效的線索。

只有一個「格式塔崩壞」，會讓人忘記自己是誰……這根本就不可能，因爲阿凱很明確的還是阿凱，剛剛還能知道明天有助教課，非去不可。

嗯……蘇蘇睜眼，外頭依然昏暗，她不知道自己什麼時候睡著的，剛剛還在看著手機寫什麼崩壞的，翻了個身，卻沒能把男友當大娃娃抱著，直接撲了個空。

咦？蘇蘇狐疑的手在隔壁床上拍了又拍，才半撐起身睜著惺忪雙眼查看，她的隔壁空無一人，趙文凱不在床上！

「阿凱？」蘇蘇瞬間全醒了，藉著房間的小夜燈，她幾乎可以確定四周沒有趙文凱的身影。

一骨碌起身查看，這角度可以看見浴室也沒亮燈，否則牆上就能見著燈光。

總不會出去了吧……等等！蘇蘇抹著臉逼自己冷靜，她是在窮緊張什麼，阿凱可能只是半夜去上個廁所，她在這邊緊張什麼？

略鬆了一口氣，她望著十一點鐘方向，期待著身影的出現。

夜裡過於靜寂，蘇蘇只聽得見自己的心跳聲，用心跳計算著時間，不過兩分鐘了，在她醒來前阿凱就已經不在，去上廁所也不可能……蘇蘇往左手邊的空位瞧去，伸手摸了摸。

不對，床是冰的，阿凱離開很久了。

抓過外套穿上身，她直接衝到玄關查看鞋子還在不在……在啊，她站在門口看著所有鞋子，門上的門鍊也是扣緊的，表示阿凱沒有離開啊！

拜託，宿舍套房才多大，他人是能到——

「我知道……嘻……嘻嘻……」

聲音從浴室裡傳來。

她立即轉過身，這才發現浴室的門半掩著……不，是幾乎關上只留一小縫，沒有開燈，所以牆上映不出光線。

不動聲色，蘇蘇站在門口往裡頭瞧，這角度恰好可以看見坐在浴缸邊緣的趙文凱，臉上罩著青光……手機的光芒，一個人在裡面抱著手機傻笑。

『你是誰？』手機裡隱約的發出他的聲音，趙文凱在看自己的直播。

「你猜……嘻嘻……」趙文凱笑得抽搐，然後忽然驚嚇得掩嘴，轉著眼珠子像是怕吵醒誰似的，「噓，小聲，小……」

他看到了。

捂著自己嘴巴的趙文凱，用帶著瘋狂驚訝的眼神，看向了門縫外的身影。

蘇蘇腦袋一片空白，她不懂趙文凱在裡面做什麼？

左手伸起，用指尖推開了門，同時打開電燈！

坐在浴缸邊緣的趙文凱放下手機，依然做出像話劇演員般誇張的表情，摀著嘴般，瞠大雙目的看著她。

「你在幹嘛？」蘇蘇的聲音有些虛弱，還帶著顫抖，「你為什麼變成這樣？」

「唔唔！」趙文凱依然摀著自己的嘴，無辜模樣的搖頭，像是在說NO NO。

「你在跟誰說話？三更半夜一個人躲在浴室裡做什麼……」蘇蘇看著他握在

手上的手機，正面對著她。

是他自己的直播。

「不要挑戰那個都市傳說了，那有問題！」她忍不住拔尖了音，「不要再不相信了！你自己看看你變成什麼樣！」

浴室裡的趙文凱，瞠圓的雙眼忽然逐漸恢復正常，他放下了摀嘴的手，也將手機關起，放進了口袋裡。

「去睡覺。」趙文凱用低八度的聲音說著。

淚水不自禁的滑下，蘇蘇說不上來是生氣還是擔心，阿凱這個樣子還讓她覺得恐懼，現在定神瞧著，才發現他身上甚至沒有穿著睡衣，而是外出服。

「你是要去哪裡？」蘇蘇抵著額角，「你一天情緒多變，一下溫柔一下粗暴，現在這眼神是怎樣？你瞪我？你想命令我嗎？」

趙文凱面無表情，嚴肅的望著她，「去睡覺。」

「閉嘴！」蘇蘇怒從中來的吼著，「你是誰？」

趙文凱霎地跳起，疾速的直接朝門口的蘇蘇衝過來！

咦！蘇蘇嚇得後退，沒兩步就撞上了牆，看那凶狠的眼神迎向自己，她認得了……那個是今天晚上在森之家的阿凱！

不——她轉身往房間要奔去，但身後大手一把揪住她的頭髮，直接往浴室裡扯！

「哇啊——你幹嘛!?」蘇蘇的腳連踩地都無法，她是被拖進去的！「趙文凱！趙文凱——」

浴室不大，沒幾步蘇蘇就被拖到了洗手台前，趙文凱一骨碌將她拉起，轉過身便狠狠的把她的頭壓在鏡子上，咚！

唔！頭敲上鏡子有點疼，她現下狼狽不堪，亂髮罩著整張臉，趙文凱的大手箝她的後頸項壓在鏡上，再以身體壓著她的身體，右手抓著她的手。

「說！」趙文凱突然扣她的頸子，讓她離開鏡前十公分。

蘇蘇看著鏡子裡的自己，還有身後的趙文凱，那眼神冰冷得駭人！

「說什麼？」她試圖掙扎，趙文凱的力氣比平時大多了。

「問妳是誰啊？」趙文凱勾起嘴角笑著說，卻讓人感受到一股邪氣。

「我是蘇蘇啊……」她感受到不對勁的哭了起來，「阿凱，我是蘇蘇，你是趙文凱記得嗎？趙文凱！」

「閉嘴！」趙文凱生氣的扯著她的長髮，「我要妳對著鏡子問妳自己：妳是誰？」

被扯著頭髮、頸子向後仰的蘇蘇，不敢相信她親自所聞，阿凱現在也要她玩那個都市傳說？

「我才不要，你玩八天就變成這樣了！為什麼要我玩？」她開始使勁掙扎，「放開我！」

「快說！」趙文凱強壓著她頭往下，讓她看著鏡子，「妳會發現新世界的……蘇蘇，快點，問自己妳是誰……」

不不不！蘇蘇用力扭動身子，趙文凱不客氣的扯著她的頭髮繼續牽制，她從洗手台上拿到什麼就往後丟，全往趙文凱的臉上戳。

「我會尖叫，我要喊救命了喔！」蘇蘇低吼著，「你不要逼我——」

終於，蘇蘇刻意讓自己往浴缸裡摔去，如此便能將在她身後的趙文凱一起摔進去！

兩人一起向後退，浴缸邊緣撞上趙文凱的膝蓋後方，讓他不自制的抱著蘇蘇，果然一同跌進了裡頭。

「啊……」趙文凱墊在下頭，自然疼得許多，他們也不矮，這一撞是四肢跟身體均有碰撞。

蘇蘇不敢停留，一察覺到箝制鬆開，即刻爬離浴缸，但由於太過慌張，右腳卻絆到邊緣，直接往洗手台那兒撲去，接著再因碰撞彈到馬桶邊，摔了個鼻青臉腫。

嗚……嗚……趴在地上的蘇蘇只覺得全身都痛，手臂上還有裂口，血正汩汩流出。

爲什麼會這樣……爲……啊！阿凱！

她嚇得趕緊翻過身，看見她的男友早就已經離開浴缸，只是看著她……只是，眼神帶著悲傷憐憫，還有無盡心疼。

「對不起……」趙文凱搖著頭，「眞的對不起。」

蘇蘇抬頭看著他，淚如雨下，這是什麼跟什麼？現在這個阿凱，根本不是一分鐘前那個粗暴凶狠的傢伙！

「不要再跟我說都市傳說不存在了！」她哭著尖吼，「你到底是誰!?」

趙文凱沒有說話，他只是捏緊雙拳，一副快哭出來的模樣，轉身疾步離開浴室。

蘇蘇沒有追，她全身都痛，站不起來也不想追，聽著外頭的混亂，沒有幾分鐘，鑰匙聲響起，趙文凱離開了他們的家。

「嗚嗚……」女孩一個人伏地痛哭，「你到底是誰……你是誰啊？」

學校的社辦大樓位在校園另外一邊的斜坡上，大樓外有條林蔭大道。過去「都市傳說社」全盛時期也曾在這裡有一席之地，還兩間打通的大社辦，依然無法容下所有社員，但對於蔡志友來說，他認識的就只是在鐵皮屋角落的「都市傳說社」而已。

不過，他之前的「科學驗證社」，倒是在這間社辦大樓裡。

科學驗證社位在五樓，他過去曾是社長，也不算非常鐵齒，只是習慣對任何事都先以科學的角度去思考罷了。當時因爲有個老師慫恿鼓吹，加上學校暗示，他便率眾去單挑「都市傳說社」，因爲他們那時聲稱學校裡有「廁所裡的花子」。

驗證過程以爲沒什麼，公開在學校放映過程時，卻嚇得屁滾尿流，花子的聲音錄得超級清楚，影片都是他錄的，他不可能做假，所以他很快的離開原社團，加入了「都市傳說社」。

但由於理智與科學角度的思維模式，他每次總會挑戰整個都市傳說社的想法，再加以驗證。

正因爲這個過往，讓他對昨天的影片起了疑心。

昨晚趙文凱在森之家的打架影片已經四處流傳，畢竟他現在是校內當紅人物，挑戰都市傳說的傢伙，所以失控的影片絕對是被繪聲繪影的傳開。

蔡志友反覆看了好幾次，那暴力的動作、不耐煩的神情，重點是被揍的朋友們，他覺得實在太面熟。

來到門口，裡面人聲鼎沸，大門是敞開的，有好些個還是熟人的聲音。

「Knock，Knock！」蔡志友敲了兩下門，「哈囉！」

幾個人往外看去，一時間錯愕，敵意遂起，因爲蔡志友對科學驗證社來說，可是個不折不扣的「叛徒」啊！

「唷，看看是誰，不是我們前社長嗎？」科學驗證社的學藝率先開炮，「怎麼？發現都市傳說社全是謊言了嗎？」

「蔡社長，怎麼有空跑回來啊？」現任副社一臉錯愕，「你在那邊不是混得不錯嗎？」

「拜託，學生社團而已，不要搞得像社會鬥爭好嗎！」蔡志友根本懶得理他們，大方的逕自走入社辦內。

幾個老人實在看不慣他這樣，上前擋住蔡志友的去向，這傢伙說得這樣輕

鬆，但卻沒想過當初帶給他們的後遺症！

先是魯莽囂張的挑戰「都市傳說社」，再得意洋洋的利用電影社公開放映的螢幕向全校播送打臉都市傳說的畫面，結果花子竟在影片裡回應，嚇得全校師生花容失色。

這讓多少人看科學驗證社的笑話！原本大家各有所好，井水不犯河水便是，他硬去挑戰結果丟臉，社團背負嘲笑與罵名，最後還投身到「都市傳說社」，又打了原社團一個耳光。

好一陣子科學驗證社變成笑話，若不是之前「都市傳說社」飽受罵名與攻擊，才有許多人覺得其實說不定科學驗證社才是苦主咧。

「這裡是科學驗證社，你走錯了。」副社下逐客令。

蔡志友虎背熊腰、人高馬大，輕而易舉的越過他們往後頭瞧，因爲現在這兒有十餘人正在聊天，而他要找的是頭上裹著一圈繃帶的男孩。

「我就知道，昨天沒看錯！」他直接對著阿風嚷，「昨天被打的果然就是你啊！阿風！」

阿風挑了挑眉，尷尬一笑，「到底是多少人看過我被打的影片啦？」

「快要全校了吧！」蔡志友繼續隔著人群喊著，「我是先認出小綠的，才猜該不會是你吧！」

阿風是老社員了，對於蔡志友倒沒多大敵意，但依然稱不上喜歡。

「找我有事？」阿風問著，隔壁的小綠起了身。

「你們不要鬧啦，就只是來找阿風，想打架喔？」她主動上前，拉開了擋住蔡志友的學生們，「雖然你來找阿風很奇怪。」

「你們跟趙文凱是朋友？」蔡志友倒是開門見山。

嗯？小綠一怔，點了點頭……又搖搖，「我們跟蘇蘇是朋友，阿凱是她男友，所以……」

「蘇蘇，對，我聽過！」蔡志友記得影片裡大家都有喊出名字，「她叫蘇文閔對吧？我記得你們很要好，而且——以前那個蘇蘇還說過都市傳說根本是故事編造！」

小綠皺了眉，「不然咧？我還是不相信都市傳說！」

「新聞是寫得跟真的一樣啦，但我沒親眼見到還真的不相信！」阿風也懶洋洋的說著，「最多就是遇到一個變態殺人魔，還什麼收藏家，講得跟什麼一樣。」

「校刊社那個死了是很可憐，但真的不要推到都市傳說上。」

蔡志友深吸了一口氣，這些都不是他來的主因。

「好，我知道大家有各自的信念，但是——」蔡志友擰起眉看著阿風，「爲什麼你們會跟我們社團的趙文凱是好朋友？」

咦？小綠瞬間愣住，眼神閃爍的往旁瞟去，甚至略抿著唇，低下頭去。

「……只是喜好不同爲什麼不能當朋友！」阿風說話也有點支吾其詞。

「人都說物以類聚，你們兩個是，蘇蘇也是，那蘇蘇的男友是一心想進都市傳說社核心的人，這不是很弔詭嗎？」蔡志友雙手抱胸，他就知道有問題，「昨晚你們打架……噢，不，你被打時，你喊著這麼認眞幹嘛，你眞的——」

阿風一驚，略微慌亂，「有、有嗎？我那個意思是……」

「趙文凱跟你們想法一樣吧？他也不相信有都市傳說，所以才要挑戰都市傳說！」蔡志友斬釘截鐵，「所以他爭著入社是爲什麼？」

阿風彷彿求救般的朝他身後望去，小綠也尷尬的走回阿風身邊，兩人交換著眼神顯得不知所措，而科學驗證社其他人果然上前，起手式就是先惱羞，責備蔡志友侵門踏戶來罵人是什麼意思！請他即刻離開科學驗證社。

「可以走了吧？做人不要太過分，到我們社團來罵人？」

「我不是罵人，我是來對質，解決一下我的疑問。」蔡志友已得到想要的答案，旋身就往外頭走去。

啊……阿風跟小綠面面相覷，慌張的站起。

「那個——我們平常不會提起這個啦，就、就明知道會吵架誰要提！」阿風焦急的補充說明，「你不要誤會阿凱，他是眞的很想很想進核心。」

蔡志友止了步，狐疑的回首，「是嗎？那他有跟你們說，我們已經讓他進核心了，請他停止挑戰都市傳說嗎？」

「啊？」從小綠的眼神就知道他們不知情。

「但是他堅持要挑戰下去，實驗完三十天才肯罷手。」蔡志友嚴肅的環顧著整間科學驗證社，「這讓我不得不懷疑，他根本就是黑粉！」

「不是！」科學驗證社的副社長緊張的立即搖頭，「我們根本不認識趙文凱啊！」

蔡志友瞇起眼，這群人緊張過頭了，阿風叫住他爲趙文凱開脫，爲的是怕他們發現趙文凱是黑粉，希望他能完成三十天的「你是誰」吧！

之前黑粉猖獗，後來因收藏家的事件弭息許多，「都市傳說社」重新獲得關注，也平反了黑粉說他們寫創作文。他之前就懷疑過黑粉跟科學驗證社有關，只是無法找到證據，過去社團的人也不可能理他。

現在有趣了，直接更進一步嗎？趙文凱抓住外星女失言的把柄，公開挑戰都市傳說，等「你是誰」挑戰完畢，萬一什麼事都沒有，黑粉就有光明正大的藉口重出江湖了！

有沒有這麼忙啊？這只是學生社團啊！

尊重彼此不同的想法、喜好、理念，有這麼難嗎？

蔡志友轉身離開科學驗證社，他沒時間跟這些人瞎耗，黑粉有他們的想法，趙文凱是故意來臥底找碴的也無所謂，但是——都市傳說就是不該挑戰，他必須想盡一切辦法，阻止趙文凱！

絕對不能再有第二個于欣！

第六章 意外

拎著陽春麵跟飲料，汪聿芃小跑步的往鐵皮屋的方向去，天氣越來越熱，社辦裡都有冷氣，即使是古老的鐵皮屋裡也不例外，學校當初裝二手的，但對小坪數的社辦來說已足夠。

才踏進鐵皮屋的水泥地，她就留意到可疑份子在外面走動。

「蘇蘇！」她一副跟人很熟的模樣直接上前。

蘇蘇一聽見叫喚聲，驚訝的回首，不解的看著迎面跑來的陌生人……誰？她直覺的向後退，有種想逃的態勢。

「嘿，妳找我們有事嗎？」汪聿芃很快的來到她面前。

「你們？妳是？」她不解的望著汪聿芃。

「我叫汪聿芃，都市傳說社的。」她大方的自我介紹，「外面很熱耶，進來吧！」

汪聿芃二話不說拉起蘇蘇的手就往社辦裡走，她倒抽一口氣根本不及反應，已經直接進入社辦了。

「汪聿芃？」她喃喃唸著，「啊，外星女！」

康晉翊跟簡子芸正在社辦裡，兩個人午餐都快吃完了，錯愕的看著突然到訪的客人，不明白這是怎麼回事？

「蘇蘇。」汪聿芃跟在介紹自家人一樣，「就趙文凱的寶貝！」

「啊……」簡子芸認出來了，昨天的影片他們也看了不下十數次，趕緊從辦公桌裡走出，「您好，先請坐吧！」

蘇蘇慌亂的搖頭，「沒……是她拖我進來的，我不該進來這裡……」她眼神渙散，焦急的轉身就想離開。

汪聿芃才放下麵，一伸手就拉住她，「妳去哪裡啦？妳不必客氣！坐吧！」她使勁一拽，將蘇蘇拽向就近的單人沙發上坐下，蘇蘇根本是跌進去的，恐懼之情溢於言表。

「我覺得人家沒在跟妳客氣。」座位在最裡面、正對著門口的康晉翊也趕緊走出來，「妳稍微學會看臉色好嗎？」

汪聿芃用一臉你們莫名其妙的樣子，到假人模特兒邊的小冰箱拿瓶飲料出來，塞進蘇蘇手裡。

蘇蘇呆坐在沙發上，惶恐不明，汪聿芃還喊了聲借過，從她面前掠過，坐進長沙發，完全準備吃午餐的處之泰然。

「不要介意，汪聿芃的想法比較跳，她也比較不會看人臉色。」簡子芸連忙緩頰，「我是副社長，簡子芸，他是……」

「社長，康晉翊。」蘇蘇幽幽說著，看著走近的康晉翊，「我知道你們是誰……都市傳說社的核心幹部。」

嗯，知道他們並不意外，這學期「都市傳說社」實在太紅了。

「妳還好嗎？」簡子芸關心的彎身，探視她的臉頰，「昨天感覺打得好大力。」

蘇蘇下意識的縮躲，任長髮蓋住自己的臉頰。

康晉翊看得出她的排斥，一旁的女孩發出呼呼吹氣的聲音，正拌著她的午餐準備大快朵頤咧！

「外面熱爆——」童胤恒才推門，看見蘇蘇立即僵住，「呃……蘇蘇？」

蘇蘇一陣皺眉，「怎麼大家都認得我？」

「影片傳成那樣怎麼不認得！」汪聿芃嘴裡吃著麵，含糊不清的說，「不過昨晚我跟童胤恒都在森之家啊，我們看LIVE的！」

LIVE咧！童胤恒沒好氣的搖頭，拼命對走來的康晉翊使眼色，爲什麼這女生會在這裡？康晉翊也只能擠眉弄眼的往汪聿芃那兒瞟，人是她帶進來的啊！

「你們在……」蘇蘇有點詫異，「我實在不該來這裡……」

「妳應該有什麼事要找我們吧？」簡子芸溫柔的說著，試圖打破蘇蘇心防，

就著一旁的板凳坐下，「我們力勸趙文凱放棄挑戰都市傳說，但是他很堅持……昨天晚上發生什麼事了呢？」

蘇蘇雙手緊握著那小瓶可樂，微微發抖，「他不可能放棄挑戰的……」

「爲什麼？」康晉翊不解的問，「他想進入一社核心，我託童子軍……童子軍？」

「我已經提出，汪聿芃也在，但趙文凱堅持要完成三十天的『你是誰』。」童胤恒放下碗麵，發現跟汪聿芃買的是同一家，兩個人還抽空對眼，相視而笑。

「因爲他不相信會有事，打從一開始他就想要挑戰完三十天，直播是爲了證實都市傳說不存在！」蘇蘇略帶哽咽的低喊著，「他根本不相信有都市傳說！」

什麼！張大口準備要吞下麵的汪聿芃頓住了，社辦裡四個人不可思議的看向蘇蘇，她剛剛在說什麼啊？不相信都市傳說的趙文凱，卻爭著要進核心？

「等等，妳說的是那個趙文凱吧？」康晉翊有些意會不及，「他在二社一學期了，不是因爲想進一社，心有不甘才要挑戰都市傳說，還爲了得到集點卡嗎？」

蘇蘇不耐煩深吸一口氣，「他是爲了黑你們社團才要挑戰的！我們都不信有都市傳說！故意的！你們搞懂了沒？」

童胤恒簡直不敢相信，怎麼有這麼閒的人啊！

「趙文凱是黑粉？」他走了過來，「這一切都是設計好的，他用直播玩三十天，三十天後他沒事，就代表都市傳說不存在？」

蘇蘇點點頭，這的確就是趙文凱的想法。

「我的天哪！」康晉翊一掌擊額，「這什麼概念啊！就算三十天結束什麼都沒發生，也不能用以證明都市傳說不存在啊！」

「你們只拿一個來試驗，而這個沒有前例的都市傳說，連我們都抓不到梗概！」簡子芸不安的絞著雙手，「這想法怎麼來的？挑戰一個，就要否決所有的都市傳說嗎？」

「反正推翻一個就足以證明了啊！」蘇蘇抬起頭，緊繃著身子，「但我今天來不是想來討論這個的——妳剛剛說抓不到梗概，社團裡寫的是眞的嗎？『你是誰』這個傳說沒有任何先例？」

康晉翊聽出她口吻裡的抖音，「或許有，但是沒有人紀錄下來。」

「也有可能挑戰過的人都沒辦法寫了。」吃麵的傢伙直接補上一刀。

童胤恒打了個寒顫，這個可能性聽起來眞令人不舒服，向左後回頭看了眼汪聿芃，她倒是一臉認眞，再淅瀝嘩嚕的吞下一口麵。

「什麼……什麼叫沒辦法寫……」蘇蘇撫上心口，「我的天哪！像那個校刊社的一樣嗎？」

見她喘不過氣，簡子芸趕緊趨前跪到沙發邊，「妳不要緊張，深呼吸！深呼吸！」

蘇蘇顫著下唇看向簡子芸，淚水瞬間就奪眶而出，「好可怕！求求你們阻止他，快點阻止他啊！」

康晉翊立即瞥向童胤恒，他飛快的往門邊去，將門緊閉，這種時候蘇蘇需要的是安靜與保密。

「蘇蘇，妳別急，慢慢仔細的說。」康晉翊穩重帶溫柔的口調，「趙文凱怎麼了？」

不是問發生了什麼事、不問情況如何，康晉翊直接認定趙文凱有事，如此便能讓蘇蘇直接回答他的問題。

「他變得……我不知道他是誰了！」蘇蘇嗚咽一聲，果然哭了起來，「他脾氣反覆無常、記憶力變差，一下子對我溫柔得要命，一下子又不耐煩，有時還會碎碎唸一直問我怎麼辦……」

記憶力，大家默不作聲，這是「你是誰」這個都市傳說裡，勉強能列出的狀況之一啊。

「所以他平常不是這樣？」康晉翊提出了質疑，「記憶力差可能是最近很多事啊，這個很難去做判斷，但他昨天打人眞的不像溫柔得要命！」

「他從來不溫柔！」蘇蘇喊了出聲，「他就是那種自以爲是的屁孩，很愛玩、愛出風頭又愛鬧，但他不溫柔也不暴力！那都不是他！」

筷子放進麵裡，汪聿芃完全吃不下了。

「好，所以妳剛說的都不像原本的趙文凱，可是……他認得妳吧？」簡子芸試探著，「因爲如果照這個都市傳說來說，人的記憶力的確變差，但會忘記許多事……」

蘇蘇深呼吸得唇都在發抖，手捏得那鐵罐都快碎了。

「他當然認得我，但是他是我男朋友，我就是知道他不對勁！昨天晚上那種暴力的模樣更不可能，他從來沒打過我！」蘇蘇越說越激動，「昨天晚上回去，他又變成紳士，對我道歉、說他今天會去森之家道歉負責，然後……他吃了杏鮑菇！」

呃……

最後那六個字是嘶吼著的，童胤恒很認眞的想理解那句話的嚴重性，到底吃

掉杏鮑菇會發生什麼事，讓她激動到面紅耳赤？

「我有金針菇喔！」茶几旁那個吃麵的用筷子夾起她額外買的滷味。

「汪聿芃！」這次三個人同時異口同聲的回頭。

「對！他也吃了金針菇！」蘇蘇眞的尖叫起來，「我買的宵夜，那是我的！他還說喜歡我的蜂蜜檸檬！」

不行，這眞的接不上了，爲什麼現在變成在討論食物？康晉翊眉頭皺得死緊，蘇蘇幾乎歇斯底里了，就因……趙文凱吃了她的宵夜嗎？

「我也喝檸檬紅茶耶！」汪聿芃喜出望外的高舉起飲料，童胤恒立即迴身坐到她身邊，噓了好大聲。

「……對！但是他不喝啊！阿凱不吃所有菇類、又非常怕酸，連橘子都不敢吃的人爲什麼會覺得我的檸檬茶好喝？」蘇蘇淚眼汪汪的看著汪聿芃，「我看著他，我都覺得我不認識他了！」

簡子芸指尖微冷，她開始覺得趙文凱是不是挑戰成功了。

「不同人嗎？」康晉翊逸出了驚嘆聲，「『你是誰』會這樣？」

蘇蘇眼神渙散，淚水自滑，「他半夜不睡覺……我起床找他，卻發現他拿著手機，在浴室裡看自己的直播……還在傻笑，甚至跟手機的自己同步說你是誰……」

童胤恒瞬間打了個寒顫，「你是誰」，他沒忘記昨晚手機裡傳來的莫名聲音。

「看自己的直播？然後呢？手機裡有什麼……特別不一樣的聲音嗎？」童胤恒凝重的問，千萬不要說手機裡有人回答啊！

蘇蘇搖了搖頭，「我沒聽見，但他好像……好像在跟誰聊天一樣，然後看見了我！我、我快瘋了！我受夠他挑戰這個都市傳說，我要他停止，不要黑你們也沒關係啊！這根本不是什麼重要的事！」

康晉翊忍下翻白眼的衝動，現在才知道啊！大姐！無緣無故死命黑他們是吃飽太閒嗎？

「他怎麼說？」簡子芸有預感狀況絕對不好。

蘇蘇沒說話，而是鼻子一皺掩面哭了起來，童胤恒飛快的拿過面紙盒遞給反手向後暗示的簡子芸，她再抽出面紙給蘇蘇拭淚。

汪聿芃終於有心情重新拾起筷子，「哎唷！麵爛掉了！」

邊哭邊發抖，看來昨晚發生過什麼，才會讓蘇蘇走進「都市傳說社」。

童胤恒白眼過去，「這是重點嗎？」

「陽春麵爛掉就不好吃了。」她嘴上這麼說，但食物不浪費，還是大口大口

的把麵吸進去。

康晉翊回首叫她小聲一點，吃麵有必要吃到大家都聽見嗎？現在是什麼氣氛知不知道啊？

「他粗暴的拉著我往鏡子上貼，逼我問自己妳是誰……那個語氣跟凶狠程度，就是昨晚在森之家時一樣！」蘇蘇終於挽起長袖外套，上面全是瘀痕，「我拼了命掙扎才離開，還跌倒，結果阿凱說句對不起後就衝出去了，我不敢傳訊給他，我……我怕他！」

「他要妳挑戰都市傳說？」簡子芸喉頭緊窒，「逼妳……」

蘇蘇點頭如搗蒜，「他說，這樣可以看見新世界……我的天哪！我不知道這是眞是假，但是我的阿凱不會演戲，他不是我的男朋友！」

簡子芸不安的打顫，康晉翊立即上前，還有創傷症候群的她，提起都市傳說依然會恐懼嗎？

「如果……如果是格式塔崩壞，也只是自我人格的疑慮，爲什麼會變了個人？」簡子芸喃喃自語，「看見新世界又是什麼東西？」

嘛——汪聿芃捧起碗來大口喝著湯，一旁的童胤恒扶額，他不想勸，說了沒用。

新世界?汪聿芃其實是用大碗遮去與大家的視線交會，奇怪了，她也做九天「妳是誰」了，每天都只看到自己而已啊!哪來什麼新世界?廁所又沒變新!

鈴聲驟然想起，蘇蘇整個人跳起來，驚慌的直接撲向了就近的簡子芸!

「哇——」簡子芸趕緊出手扶住她，雖然蘇蘇是撞上來，但是因爲康晉翊也正攙著她，所以才不至於撞成一團。

蘇蘇一臉驚恐的看著放在茶几上的手機，像看到鬼似的，童胤恒向右挪了兩步到角落，伸手朝向手機。

「可以嗎?」禮貌的問著蘇蘇。

「是他。」蘇蘇哽咽的說，「那是阿凱的專屬鈴聲。」

康晉翊雙眼一亮，「接啊，這時就是要接電話，不要讓他覺得妳起疑了。」

「我怎麼可能不起疑!」蘇蘇尖吼。

「讓事情順著發展。」簡子芸溫柔有力的握住她的臂膀，「妳不是希望我們幫他嗎，我們得知道狀況。」

不給蘇蘇猶豫的時間，童胤恒立即按滑開接通，將手機遞給了蘇蘇。

蘇蘇緊咬著唇，還是接過了手機。

『……蘇蘇?』

「幹嘛?」蘇蘇的情緒是在吵架冷戰的模式裡。

『我不是故意的……妳有受傷嗎?』

湊近的簡子芸跟康晉翊還是聽不太清楚,希望蘇蘇用擴音,但是她搖頭拒絕,只是把音量調到最大。

「你在哪裡?」

『很多事不是我能控制的,對不起……所以我只能離妳遠一點,我不想傷害妳。』聲音如此誠懇,一點都不像是會打人的那個趙文凱,『我這陣子不會回去,還有,妳……妳最好換鎖。』

咦?蘇蘇嚇得差點滑掉手機,換鎖?

「你……你要分手嗎?」她強忍著恐懼,壓下顫抖問著。

『我不知道,妳能等我到挑戰完都市傳說嗎?』

還要挑戰啊?汪聿芃搖著頭,他也太~想要那張集點卡了吧!

康晉翊早拿出筆記本,在上面寫著幾個大字,衝到蘇蘇面前給她看——你需要我幫你什麼忙?

「你需要我幫你什麼?」蘇蘇哽咽的說著,「我覺得你需要幫忙,告訴我……我可以幫你!」

手機那頭靜默，接著竟然也傳來嗚咽聲。

『我的相機，我直播時同步錄的那台，請拿給都市傳說社。』趙文凱竟哭了起來，『一定要快，拜託快點拿給他們，幫我，幫幫我們！』

簡子芸不敢相信的瞪圓眼睛，忍不住伸長手壓下蘇蘇手機上的擴音鈕，讓蘇蘇嚇了一跳。

童胤恒第一時間滑回汪聿芃身邊，制止她再做出一些誇張的動作，康晉翊則是回身把電風扇關掉，降低了風音。

「相機，好！我會拿給他們！」蘇蘇手機都要拿不穩了，最後是康晉翊接手，「你要不要跟我見面？」

『……不不！不！不！不可以拿相機給他們！』趙文凱口吻一變，突然慌亂異常，『千萬不可以，他會生氣的！不許妳這樣做！』

「阿凱？」

『嗚，不行，要是讓他知道的話……好可怕，我不要！』跟孩子似的，趙文凱在電話那頭哭了起來。

蘇蘇完全困惑，「阿凱？」

『……不要理他剛剛說的那些！快把我的相機拿去給都市傳說社！』這說話

方式又變了！『快……』

「好！我會……保持聯絡好嗎？」蘇蘇緊張的喊著，「拜託你不要再直播了！」

電話那頭沒了聲音，蘇蘇仔細看才發現趙文凱已經掛掉手機了。

「什麼相機？」童胤恒立刻發問。

「他在直播時，鏡頭有兩個，一個是大家看得見的，還有一個是放在左後方錄影的相機……」蘇蘇趕緊取回手機，略微踉蹌的走回沙發邊拿起包包，「我這就回去拿給你們！」

簡子芸滿心的不安，焦急上前，「要不要有人陪妳回去？聽你們講電話，我就覺得那個趙文凱怪怪的……」

她回頭看向汪聿芃，汪聿芃立刻搖頭，「我們等等都有課。」

「回去拿個東西何必要人陪，你們下午都會在吧？」蘇蘇婉拒了這莫名其妙的提議，「我也不想讓我朋友看見我跟你們在一起……對了，這件事能請你們保密嗎？」

康晉翊被那句「不想被朋友看見」這句話惹惱，不悅的上前。

「保密什麼？」

「不要在社團裡寫出我來找你們求救之類的文章……阿凱知道也會不高興的！」她姿態突然變得有點高，「我知道我是來找你們幫忙，但是我們的朋友都不相信有都市傳說……」

「現在還不相信嗎？」

汪聿芃坐直身子，自沙發上斜望向蘇蘇。

蘇蘇緊握粉拳，有些尷尬的不知該如何回應。

「救人應該比面子重要吧。」童胤恒和緩的說，「妳快去拿相機吧！」

蘇蘇勉強的頷了首，轉身離開「都市傳說社」。

「搞什麼鬼啊！求人是這種高姿態嗎？」康晉翊不滿的抱怨，「她明明看見男友的變化不是嗎？」

「先不要管這個了，你們對這件事怎麼想？」簡子芸用腳勾了凳子坐下，「聽起來很弔詭，如果說是人格抹去，但還是記得蘇蘇啊！」

「我聽起來像多重人格。」童胤恒提了自己的意見，「我跟汪聿芃昨天才見過他，他真的不尋常，除了禮貌過了頭外，還有好像使用手機有障礙。」

「對！他不太會接聽電話！」汪聿芃回憶著，「說到這點，他甚至覺得手機一直震動很奇怪咧！」

「多重人格？是啊，如果多重人格就合理了！」康晉翊來回踱步，「你們想，如果『你是誰』會讓人格崩壞，會不會崩塌的是原來的人格？接著其他人格就出來了？」

簡子芸蹙緊眉頭，「等等，這前提應該是……趙文凱本身就有多重人格嗎？」

「呃……會這樣嗎？」康晉翊也遲疑起來，「我們都不認識他，我看他女朋友也不知道的樣子。」

「也有可能他在挑戰時，從那邊跑出了什麼。」童胤恒提出另一種見解，「或許跑出的那、個正是都市傳說。」

跑出了什麼？這個比多重人格更令人不舒服啊！

「是鏡子裡面有另一個人跑出來嗎？」汪聿芃好奇的問著，「還是那邊是另一個世界，所以他才一直說可以看見新世界？」

「我只覺得他腦子有問題了。」康晉翊搖了搖頭，「不管怎麼說，最親近的人都發現他的怪異，已經不像是她所認識的人，這完全符合人格崩壞。」

「格式塔崩壞，語義飽和，聯想阻斷，記憶衰退，或是產生陌生感。」簡子芸推敲著，「他不認識自己了嗎？」

汪聿芃眼神飄移，她應該還認得自己吧？她覺得腦子很清楚啊，也沒有多重人格產生……吧？

「我還有一個疑慮，」童胤恒覺得有這個想法的自己蠻差勁的，「如果這是個圈套呢？」

咦？三個人錯愕不解的望著他。

「你是說騙人的嗎？」

「他們是黑粉，這太令人驚訝了！為了證實都市傳說不存在，趙文凱上個學期就入二社了耶，還積極得很……我問過二社社長鄧明軒了，他即將接總務耶！這麼投入就是為了有機會黑我們？」童胤恒厭惡死這種行徑了，「搞不好帶頭鼓吹大家鬧事要進一社的也是他，結果抓到汪聿芃的話柄，更可以光明正大的來挑戰都市傳說，萬一沒出事的話，不是剛好可以攻擊！」

簡子芸倒抽一口氣，簡直不敢相信，「對啊，萬一沒成功……太多攻擊點了！先是汪聿芃叫人家要有經驗值，還集點，最後他被社團逼迫開始實驗直播，可以解釋成我們社團利用團體力量逼人涉險……」

「如果相安無事，就可以再說都市傳說根本是假的，到最後可能連收藏家的事都會被認為是利用刑事案件塑造編纂！」康晉翊緊握飽拳，「怎麼這麼陰險！」

童胤恒嚴肅的點點頭，剛剛他聽見他們是黑粉時就詫異萬分了，爲了攻擊「都市傳說社」眞是無所不用其極！

他們大可以不信，那是他們的事，但爲什麼想摧毀都市傳說社？

「童子軍說的也有可能，都能入社了，說不定這些也是演戲，一個圈套？」簡子芸憂心忡忡，「如果我們很擔心他，進而投入這件事，說不定最後反過來被利用，變成一個笑話怎麼辦？」

大家努力的想知道「你是誰」會發生什麼事，想把趙文凱拉回來時，他只要公布說他是假裝的，都市傳說社還一副煞有其事的模樣，爲了不存在的都市傳說這麼辛苦……光想像簡子芸就覺得有股無名火。

「但是，他看了我一眼。」

汪聿芃捧著飲料大口吸著，身邊的童胤恒不可思議，緩緩的回頭看向她。

「什麼？誰？」

「趙文凱啊！」滿嘴都是椰果的汪聿芃語焉不詳，「昨天直播時，他看了我一眼。」

社團裡三個人不約而同的皺起眉，這傢伙的邏輯依然有點難懂。

「妳知道那是直播吧？」康晉翊有足夠的耐性，「所以他是對『鏡頭』看一眼，不是對……」

話還沒說完，卻見童胤恒伸出左手示意他先別作聲，相當認真的看著若無其事的汪聿芃。

「她應該不是說你講的那種。」童胤恒嚥了口口水，「是哪個趙文凱在看妳？」

汪聿芃劃起笑容，看向童胤恒，「鏡子裡的那一個。」

鏡子裡的那一個！簡子芸瞠目結舌得手腳發冷，這是哪門子的答案啊！

「……妳是說外面那個趙文凱沒有回頭，但是鏡子裡那個卻看了鏡頭？」康晉翊僵著身子幾秒，轉身衝回辦公桌去，他要再看一次直播！

「昨天的直播我看了好幾次，我確定他沒有回頭過，我才會覺得汪聿芃說的絕對不是趙文凱！」童胤恒輕推著她，「看一眼而已？有說什麼嗎？」

「你好好笑。」汪聿芃竟笑了起來，嚼著椰果，「聽得見都市傳說的又不是我！」

靠！彷彿一股電流穿過身體般，童胤恒整個人顫得跳起。

對，他偶爾聽得見都市傳說相關的聲音，而汪聿芃卻看得見都市傳說！

「童子軍？」簡子芸緊張的喊著。

「我沒聽到什麼啊！我眞的什麼都沒聽到！」他趕緊解釋，「整個直播過程我都有收看，除了他沉悶重複著你是誰外，眞的沒有其他聲音！」

裡頭的康晉翊慌亂的再度檢視昨夜的直播，專心的盯著鏡外或鏡裡的趙文凱。

『你是誰？』電腦裡傳來微弱的聲音，大家都知道他在看。

汪聿芃一樣輕鬆喝著椰果奶茶，眞是超好喝的！滿臉幸福樣。

「汪聿芃，妳爲什麼知道他是在看妳？像康晉翊說的，他最多就是看鏡頭，不該是……對妳？」簡子芸絞著雙手，她昨天也看了直播啊！

「因爲只有我看得見他瞥過來吧！要是大家都看得見，今天應該就傳翻天啦！」汪聿芃聳了聳肩，「你們有看到嗎？」

「沒有！」

裡頭的康晉翊大聲喊著，他看見的直播影片再正常不過，沒有任何一秒鐘，鏡裡的眼神曾經飄移！

「天哪……」簡子芸難受得低下頭，「到底爲什麼要挑戰都市傳說？才剛死一個于欣，還不夠嗎？」

她話尾激動不已，童胤恒本想上前安慰，卻看見康晉翊已經衝過來了。

嗯，他知趣收手，副社應該也比較希望得到社長的安慰吧！

手機震動，他趕緊從口袋裡抽起，才刷開螢幕臉色立即丕變。

「誰？」汪聿芃仰著頭，留意到他緊繃的神色。

「趙文凱……」他凝重的才轉頭回答她的同時，換汪聿芃桌上的手機傳出聲響。

咦？她驚訝得瞪圓雙眼，看向手邊的手機，同時嗎？

沒有猶豫的拿起手機，果然也是趙文凱傳來的！

「他找你們……爲什麼會有你們的LINE？」康晉翊好驚訝。

「昨天交換的。」童胤恒將手機伸直向前，「我想我跟汪聿芃的訊息應該是一樣的吧？」

「有點莫名其妙啊……」汪聿芃抓了抓頭。

『我對未來即將發生的一切，感到非常非常抱歉，眞的對不起。』

未來？

「混蛋！」

蔡志友氣急敗壞的走向路邊停車的位子，不停的咒罵，真的沒看過這麼爛的人！

「我以前是社長時，也不會用這種手段好不好！」用力的打開座墊，不爽的拿出安全帽，氣得還往座墊搥下，「是怎樣的心裡變態啊！」

「根本不要命了！」他跨坐上機車，實在怒火中燒！

扣緊安全帽，蔡志友催動油門準備離開，手一握上龍頭，卻突然一陣刺痛——「靠！」

縮手一瞧，紅血珠從指尖滲出，他不可思議的看著自己的指尖，立即探視左邊的龍頭……居然有人黏了圖釘在下方！

「是怎……」他倏地回頭，不安感湧現。

這也太搞剛了吧？特地黏在看不見的把手下方？他起身往前面幾台機車查看，只有他的機車有被黏上兩三顆圖釘！

這是針對性的！

他緊張的回身，這條路附近什麼都沒有，學校附近的山路，只有學校旁這邊有店家，再騎下去就完全沒有住家，只有密林邊坡的S型彎道，也是學校著名的青山路。

當年紅衣小女孩的都市傳說發生處，學長姐們還在第二個彎道旁的邊坡，找到了死亡多年的遺骨。

換句話說，罕有人煙。

蔡志友不安的趕緊跑回自己機車上，此地不宜久留！

放鬆油門壓緊煞車，青山路是個陡坡，他右彎過第一個彎道，這裡可是「都市傳說聖地」之一啊，紅衣小女孩便是出現在這條路上，在機車後狂奔，伸長手想要拉住機車後扶手，從後照鏡就能看見她那張猙獰扭曲的臉……

啪——咦？

機車瞬間飛了起來，向前翻滾，蔡志友什麼都來不及反應，人已經離開了摩托車，他看見的是黑暗中的天空……樹林，他人就這麼騰飛在半空中，然後——

碗！

軋——對向與後面的車子紛紛緊急煞車，看著飛起的摩托車翻滾後重摔落地，機車殼四散噴發，落地後因爲重大的衝力一路彈彈彈的往下滑去。

「同學！」後頭急煞的機車趕緊架好，「叫救護車！快點！」

學生往前衝，看著那差一點點就摔進密林邊坡的男孩，卻不敢輕舉妄動。

看著他右手的位置，手應該是斷了吧，那姿勢正常人擺不出來的啊！

「怎麼回事？」對向的房車車主嚇出一身冷汗，差一點就要碾過人了，「這裡……咦？」

車主抱著頭往地上看著，狐疑的跳過了散落的車殼，不可思議的四處張望。

叭——叭——後頭有人按著喇叭，但是青山路只有兩線道，車禍現場又四散得到處都是，根本誰都過不了。

車主紛紛下車，許多機車騎士都是學生，也都湧上來，已經有人打電話叫救護車了。

「怎麼了嗎？他怎麼摔的？」同學問著對向房車司機，他正面對著車禍發生的狀況，應該最爲清楚。

「地上沒有東西？」司機仔細的看著柏油路，「我以爲有坑洞還是什麼東西擋到啊！」

「有……有什麼嗎？」同學謹慎的尋找，老實說，青山路上星期才重鋪柏油而已，而且這一段沒有水溝蓋啊！

「他撞到的樣子，就像是突然卡到坑或是撞到了什麼，是突然頓住才往前飛的啊！」

第七章

蘇蘇

女孩蹲到了櫃子下方，不費力氣的拉出折疊盒，找到了放在最上面的相機。拿出手機留意了一下時間，晚上「都市傳說社」應該還有人，他們那票總是沒事就往社團跑的。

她下午沒有立刻回來拿相機，是在思考到底要不要這麼做。阿凱是希望證實都市傳說不存在的，但他現在變得無敵怪異，幾乎已經是另一個人了……甚至她可以說，那不是阿凱。

可是他又對她極好，也認得她，這樣怎麼判斷？叫她相信有鬼比相信都市傳說容易得多，阿凱這模樣，活像是被附身了！

抓過相機要離開，卻還是不安的止步，她深吸一口氣，立即打開相機包，她要親眼看看，阿凱叫她拿這台相機給「都市傳說社」做什麼！

相機裡是這幾天來趙文凱直播的側錄，她從第一天開始看，側錄的時間一定比直播久，從架好到直播結束後，阿凱才會轉身關相機。

第一天，第二天、第三天，蘇蘇不得不快轉，直到第四天時，她發現阿凱站在鏡子前的時間多了。

『你是誰？』他開口問了。

等等，這時間不是已經直播結束了嗎？剛剛真的錄到他關掉手機了，爲什麼

要繼續問？

『是喔？也是很辛苦。』鏡頭裡的趙文凱點點頭，若有所思。

阿凱在說什麼？爲什麼活像在跟誰聊天似的？

接著他停頓，嘆了口氣，向左後看著相機輕輕一笑，便如同往常的過來關上。

蘇蘇心底有點發毛，阿凱爲什麼要對鏡子自言自語？她遲疑著要不要看第五天的側錄，禁不起好奇心，她還是按下了播放鍵。

『你是誰？你是誰？』幾乎沒有變化的問候，趙文凱還順便刮著鬍子，『你是誰～』

咦！蘇蘇焦急的想按下暫停，但是相機她不熟，摸索了一下才看到代表暫停鍵的按鈕！

畫面停在趙文凱歪頭刮鬍子的瞬間，藍格紋襯衫的手握著刮鬍刀，正刮過下巴，但鏡子裡的手穿著的卻是紅格紋襯衫。

蘇蘇嚇得滑落相機，螢幕定格在那瞬間，不會有錯！

怎麼可能？光線？角度……但那件切切實實是紅色的襯衫啊！掙扎的顫抖著，她按下了繼續播放。

紅色襯衫的手與趙文凱同步，眞的就是一面鏡子，只是衣袖顏色不同。

直播結束，離開鏡前的趙文凱，空無一人的鏡子現在令人心驚膽顫，這樣……紅色襯衫的是誰？快告訴她這一切都是錯覺！

唰！一個人影倏地從鏡子裡一閃而過，就像有人從鏡前奔過一樣！

「呀！」蘇蘇失控得尖叫出聲跳起，相機落在床上，她整個人踉蹌得靠上一旁的牆面！

斜倒的相機螢幕依然向著貼牆的蘇蘇，她看見趙文凱走回來，眼神瞟向鏡子的左方，還略皺起眉。

『妳是誰？』他又問了一次，『喂！』

接著轉身，他的臉朝著鏡頭走來，越來越近、越來越大，伸手要關掉相機。

『蘇蘇，快走！』趙文凱突然對著鏡頭急切喊著，『快點走！』

啪！螢幕一暗，此段錄影結束。

什麼？蘇蘇貼著牆，瞪著僅一步之遙的床緣上的相機，剛剛那個口吻、那模樣，才是她認識的趙文凱！

可是爲什麼對著鏡頭喊這些話？蘇蘇恐懼的抱頭，這簡直像是在對現在的她說話一樣！

叫她快走？

「妳看了嗎？」右手邊驀地傳來趙文凱的聲音！

「哇呀——」

蘇蘇被嚇得魂飛魄散，她往後撞上了角落的三層櫃，驚恐的看著不知何時進來的男友！

趙文凱悄無聲息的步入，面無表情的看著她，再看向床上的相機。

「你……你嚇死我了！」她完全是貼著角落，心臟跳得疾快，「進來不會出點聲嗎？」

「出聲就不知道妳在做什麼了。」趙文凱大步走來，他們的床距牆就一個人寬，所以他直接堵住了蘇蘇的路。

拿起相機，他檢視蘇蘇剛看了什麼，冷冷的瞥了她一眼。

「就、就只是看一下而已。」蘇蘇的聲音都在發抖，因爲趙文凱的眼神好可怕，彷彿對她懷有恨意似的。

那不是溫柔得過分的阿凱，也不是那個碎碎唸的阿凱，更不是平時會中二嗆她的阿凱，這個是……

在森之家打她的趙文凱。

「然後呢？」趙文凱把相機關上，好整以暇的放進相機包裡，「妳要把這台相機拿給都市傳說社嗎？」

他轉了過來，睨著蘇蘇，薄唇揚起一抹冷笑，那是帶著殘酷的笑意。好冰冷的眼神，不只是冷……蘇蘇感受得到，還帶了一股凶狠，「是你叫我拿給都市傳說社的。」

「哦，那我現在說不要拿了，可以嗎？」

「可……可以！你什麼態度，幹嘛一副威脅人的樣子！」蘇蘇力持鎮靜，她要跟平常一樣！「走開啦！」

她上前，自然的推開趙文凱。

平常會笑鬧閃開、假裝中傷的男人不爲所動，蘇蘇緊張的仰首看向他，趙文凱卻只是用更冷漠的眼神看著她。

「讓開！」她側了身，試圖用肩膀撞開他。

大手二話不說扯住她的長髮，直接扣著她的後腦杓就往牆上敲去！

咚！使勁的敲下，身子再反彈的倒回床上，蘇蘇連叫都來不及，只感到頭痛欲裂！

「啊……啊啊……」她雙手摀著額頭，蜷起身子，「嗚……好痛！」

拿著相機的趙文凱走到桌子邊，將相機先找個位置擺妥，然後撥動著筆桶裡的文具，像是在尋找一樣好用的工具。

鮮血從蘇蘇額上流下，她顧不得疼，趁趙文凱一轉過身背對她，跳下床就往門外的方向狂奔而去！

磅！衝到門邊的蘇蘇因煞不住車撞上，她慌亂的要拉開門卻打不開，因爲趙文凱進來時上了鎖！

發抖的手失去準頭，區區一個簡單的門子卻拉不開，但身後的男人已然走來，再度粗暴的扯過她的頭髮，右手由後勾住她的頸子，直接往後拖。

「放開我——救——」蘇扯開嗓子要大喊，但是趙文凱加重了手上的力道，讓她的聲帶發不出聲。

雙腳踢動掙扎，卻只有腳跟能觸地，感受到趙文凱轉了彎，蘇蘇充血的雙眼瞪向天花板——又是浴室！

趙文凱把她拖進了浴室，期間蘇蘇不論如何掙扎，都完全掙不開他的箝制，直到他再度扣住她的頭，往鏡子上抵去！

「啊……」腹部同時撞上洗手台邊緣，她疼得悶哼。

趙文凱以身體壓住她，貼著她的身子，附耳呢喃。

「說。」他語帶命令，「快問妳是誰？」

她才不要！蘇蘇緊閉起雙眼，咬牙低吼，「我才不要！你就是挑戰了這個都市傳說才會變成這樣的！趙文凱，你清醒點！」

「呵。」趙文凱笑了起來，打趣的望著她，「我沒有這麼清醒過喔，親愛的。」

「放……你放開……」她試著扭肩，趙文凱粗暴的將她略揪向後幾寸，再重重擊向鏡子，「啊！」

強大的力量緊壓著她，淚水忍不住滑落，「你瘋了嗎？阿凱，拜託你醒醒，這不像是你，你到底怎麼了啊？」

肩上的壓制突然鬆了些，蘇蘇清楚的感受到，她略微挪動右肩，那原本壓在她肩後的手開始顫抖。

向右後望去，趙文凱用恐懼的眼神望著她。

「對不起……我說過不行拿相機的對不對？」趙文凱臉色完全驚恐，「這樣子下去會出事的，不行……不——」

現在！蘇蘇一扭頭，立刻撞開趙文凱就要奪門而出。

但是趙文凱異常的快速，蘇蘇都已經扣住門緣時再次被拽住，他輕而易舉的

二度將她往裡拖，順道將浴室門給關上。

「呀——呀——救命！救命——」她不顧一切的扯開嗓子喊了。

趙文凱二話不說自一旁的架上扯下毛巾，由後套住她的嘴，再度拉起她往鏡子那邊推。

「別想壞我的事！」趙文凱不爽的拿她頭朝鏡子上撞了又撞，「妳給我看清楚了！」

「唔唔！」她怎麼這麼沒用，這樣都逃不了！

「妳是誰？妳是誰？」身後壓著她的趙文凱突然開口，對著鏡子開始實驗都市傳說了！

「唔！」不！不，幹嘛在這時候挑戰都市傳說？

她現在相信有都市傳說了！非常相信！因爲都市傳說已經把她的男友搞瘋了！天曉得每天晚上十一點，短短幾分鐘的時間，阿凱看見了什麼！

「妳們這種人活在世上都渾渾噩噩，最好妳眞的了解自己要什麼！」趙文凱冷冷的自鏡裡睨著蘇蘇，「還不如換一個眞的懂得實踐自己想要的人去活吧！」

「你瘋了！」蘇蘇不可思議，在說什麼啊？

「妳是誰？」趙文凱的聲音沉穩的喊著，驀地揪著她的頭髮遠離鏡子幾公分，並且強迫她面對著鏡子，「妳是誰？」

鏡子裡映的是狼狽的她，長髮凌亂又被抓住，額上的鮮血淌入她的眼、她的臉，嘴裡被阿凱用毛巾卡住無法言語，而右邊那帶著瘋狂眼神的男孩，是她最熟悉也最陌生的男朋友！

他對著鏡子一直問著「妳是誰」，蘇蘇眼神往鏡裡的門瞟去，沒幾步的距離，她必須想辦法跑出去——

突然間，門下出現了走動的影子。

咦？蘇蘇詫異的看著門下方的燈光，有人在他們房裡？

「妳是誰？」右耳邊的趙文凱仍然繼續問著。

下一秒，有人轉動了浴室的門把，然後輕輕的推開了浴室的門，燈光自外照入——誰？快救救她！

蘇蘇硬把頭往左後扭去，渴望著看向來人的方向……卻意識到浴室裡沒有任何燈光照入，而那扇門還是緊閉著的！

什……什麼!?

血液迅速退去，她彷彿被凍結般，緩緩的重新轉向鏡子……但身子忍不住發抖，她不敢面對現實，可是眼尾餘光卻明顯的留意到鏡裡有人影在走動。

「妳是誰？」趙文凱再度迫使她轉回，讓她看清楚鏡子裡的一切。

鏡子裡好亮，房間的燈透過敞開的門斜照進來，在牆上呈現一片三角的黃橘燈光，來人從容的朝著鏡子走來，就站在她的左後方。

這是什麼幻覺啊？

「妳真的清楚妳自己是誰嗎？」趙文凱低沉笑著，充滿了嘲諷。

她不可思議的再回頭看著自己的左側，除了鏡前燈外，這裡是黑暗而且沒有第三個人的！

蘇蘇無法克制住顫抖，望著鏡子裡那對著她微笑的人……

「你是誰？」

蔡志友重傷昏迷的事當晚就傳開了，「都市傳說社」的人都衝到學校附近的醫院，可是才剛緊急開完刀，不得探視，不過醫生說已經脫離險境，算是不幸中的大幸。

警方於現場採證也做過筆錄，附近的車子全部都提供了行車紀錄器，蔡志友摔車非常詭異，正如差點撞上他的駕駛所言：彷彿有什麼絆住了他。

所以一開始駕駛以爲路上有坑洞或是突起物，不過青山路上星期才重鋪柏油，當時鋪路工程還一度讓學生們怨聲載道，下山變成要多繞一大圈，根本記憶猶新，摔車的路上更沒有密集無數多的水溝蓋，完全是條平坦的路。

警方讓他們看了行車紀錄器，非常明顯，蔡志友的機車像是突然卡到什麼，整台機車瞬間倒栽蔥翻滾出去，而蔡志友也同時騰空飛起。

右手與雙腿骨折，顱內出血，肩胛骨斷裂，頰骨裂開，除此之外都還好，撿回一命且沒有被來車碾過，真的已經很幸運了。

大家憂心忡忡的待在醫院裡，直到蔡志友的爸媽趕到，雖然進不得病房，但是看著那裹著重重紗布的身體，也知道傷有多重。

「醫生說只要醒來就好了。」康晉翊看了揪心，連早餐都嚥不下去。

大家看顧到白天，便一起來吃早餐，汪聿芃一直出神，她等等還得衝回宿舍準備上早八的課，鐵定是昏睡上課的狀態了。

「昏迷指數五，應該沒問題的，沒問題的……」簡子芸拿著筷子的手都在發抖，她閉上眼，就會想起被活埋在棺材裡的情景。

進而想起于欣跟她躺在同一個地方，掙扎嘶吼的面對死亡，然後現在是蔡志友……

「沒事，子芸！」康晉翊伸手握住她抖個不停的右手，「蔡志友不會有事的。」

「是啊，副社！醫生都說急救成功了！」童胤恒也趕忙勸說，「妳不要緊張。」

「……爲什麼是他？」簡子芸放下筷子，緊緊反握住康晉翊，「不覺得奇怪嗎？蔡志友跑去青山路那邊做什麼？我們的活動範圍都在反方向，他家更不在那裡啊！」

「小蛙去查了。」汪聿芃大口咬下燒餅油條，嘴裡還發出喀滋的聲響，「他們現在哥倆好，有共同朋友可以問！」

昨天晚上小蛙下班後衝進醫院，就是一連串髒話加搥牆，警察來之後大家得知概略狀況，他撂了一句有事辦就衝出去了。

「我只是覺得……爲什麼都是我們社團相關的人？」簡子芸覺得非常不安，「這會是巧合嗎？」

「妳多心了，說不定就眞的只是車禍。」康晉翊即刻安撫，「因爲是妳認識的人，妳才會這麼想，但其實在我們不認識的環境中，有更多的人也出事，那就跟我們無關。」

簡子芸眉頭深鎖，不像是能接受康晉翊這樣的說詞。她就是覺得哪裡不對勁，而且每出現一個都市傳說，就會有人傷亡……他們的人。

「放寬心吧，副社。」童胤恒附議社長，「妳別忘了，這次我們沒有人遇到都市傳說，是趙文凱自行挑戰的。」

「上次是我陷入都市傳說，但是死的卻是于欣。」愧疚感果然沒有離開過簡子芸的心裡，只要一想到于欣她就揪心。

童胤恒也不知道能怎麼說了，朝旁邊看向吃早餐吃得很愉快的女孩，忍不住用手肘頂了頂她。

幹嘛？汪聿芃疑惑的轉過頭看向他。

童胤恒使了眼色，說兩句話啊，好好勸慰一下副社，怎麼只顧著吃呢！

「哎唷，勸沒有用啦，想再多于欣又不會回來。」汪聿芃不耐煩的嚷嚷，「現在重點是我很累又很餓，等等有早八，然後要煩惱的不是蔡志友，是趙文凱吧！」

康晉翊瞪大了眼睛，少說兩句話會死嗎？簡子芸就已經很難過了，還哪壺不開提哪壺！

「我的錯。」童胤恒飛快的認錯，「我不該叫她說話的。」

汪聿芃揉著眼睛，她都快累死了，「先想趙文凱啊，他昨天直播不在原來的地方了耶！」

「對，沒在家裡……」童胤恒一怔，「話說蘇蘇拿台相機也太久了吧？」

「我們也沒她聯絡方式，這種事也催不得。」康晉翊輕拍著簡子芸，低聲要她快點吃，「以黑粉的立場來說，她可能後悔了，並不想給我們相機。」

「也說不定是趙文凱阻止了她。」童胤恒敲著筷子，「畢竟昨天他本來叫她拿，後來又說絕對不行，害怕得跟什麼似的。」

嗯？汪聿芃用讚嘆的眼神轉過去看向他，連對面的康晉翊跟簡子芸都不約而同的抬頭，狐疑又驚愕的望著他，童胤恒倒是沒在意的抓起豆漿喝著，這才發現注目禮。

呃……現在是怎樣？

「我怎麼沒聽到那段？」簡子芸顯得很僵硬，「我就在她身邊，幾乎都聽不見對方的說話聲啊！」

「我根本聽不見，只有窸窸窣窣的雜音。」康晉翊凝重的望著他，心底多少有了答案。

「咦？我……」他立刻往右看去。

「不要看我，我坐最遠哪聽得見啦！只聽得見蘇蘇單方面說話啊！」汪聿芃亮了雙眼，「你就坐在我左邊一點點，聽得這麼清楚喔？」

哎呀，只有童胤恒聽得見的話——

「她不是用擴音嗎？」童胤恒手裡的豆漿都快滑掉了，「可是我……我那時沒有感覺到……」

沒有僵硬或是不適，他就只是坐在那邊聽蘇蘇說話而已。

「你專心的聽她說話，那時有僵硬也不明顯？或是……情況減輕了？」簡子芸焦急驅前，「重點是你聽見什麼了！」

童胤恒一時無法反應，他滿腦子想著如果昨天眞的只有他聽見，那代表聲音的來源是都市傳說，可是跟蘇蘇說話的——不是趙文凱嗎？

「趙文凱是都市傳說嗎？」一旁的汪聿芃幽幽的替他道出了結論。

「我不知道，但這個都市傳說太詭異了。」童胤恒沉澱了思緒，「我昨天聽到的是……」

他重複了聽到的每一句話，簡子芸只聽見四成，但是他卻逐字未漏聽得一清二楚。

「叫她拿又叫她不要拿，眞的像是多重人格。」康晉翊也開始覺得不安，「想辦法聯絡上蘇蘇好了，趙文凱根本拿捏不準。」

「快七點半了，汪聿芃不是早八嗎？」簡子芸撐著起身，「我好累，我想先回去睡了。」

康晉翊起身先去結帳，簡子芸則到外頭去洗手，倒是汪聿芃，咬著吸管，自個兒在那邊默默點著頭，「難過……」

「什麼？」聽見她喃喃，童胤恒聽得很清晰了。

「如果這個都市傳說會導致人格崩毀，那有沒有可能觸發人格？」她刻意留意康晉翊跟簡子芸，「你有沒有覺得趙文凱變了？」

童胤恒望著她，眞是辛苦她這麼認眞嚴肅了，「我想經過這幾天的事情，再蠢都知道他變了！」

「哎呀，我是說樣子！」汪聿芃認眞的說，「我覺得昨天直播的趙文凱，跟前一天的不太一樣了。」

童胤恒立即緊繃，「又看了妳一眼？」

「昨天沒有，但……反正你回去看，我覺得已經不同人了！」汪聿芃相當認眞，眼尾瞟到簡子芸走進來，「先不要跟他們說。」

童胤恒假裝若無其事的起身，汪聿芃也揹起背包，呵欠連連。

走回來的康晉翊留意到手機訊息，剛剛在醫院他們都關靜音，幾個人壓根兒忘記打開了。

「哎，小蛙問我們在哪裡，我跟他說我們吃飽了，準備回去。」康晉翊邊看手機邊往前走，「他……要過來。」

「小心啊！」簡子芸猛然拉住他，康晉翊一驚，差點就撞上玻璃門了，「不要邊走邊看！」

「小蛙傳訊來啊！」康晉翊嘴上這麼說，卻默默的放下手機。

汪聿芃挑了挑眉，跟童胤恒交換眼神竊笑，有人被管了喔！科科！

童胤恒盡可能的忍住笑意，那他拿手機可以了吧。瞧他都滑開了，簡子芸半句都沒說哩，眞是差別待遇。

從早餐店往學校的方向走，沒走幾步迎面就騎來熟悉的外送機車，小蛙直接停在他們身邊。

「幹！蔡志友是去找趙文凱！」一掀開塑膠罩他就怒吼，「他發現他是黑粉了！」

「去哪裡找？」康晉翊緊張的問著，沒想到蔡志友也知道了嗎？

「他看見打架影片裡被爆頭的那傢伙，是科學驗證社的，所以昨天上午他跑去科學驗證社，很多人都有看見！」小蛙的油門繩繩的叫，象徵了他非常不爽，「接著他問了很多人，後來說趙文凱在另一個阿德家，蔡志友就去了！然後——」

「在青山路附近嗎？」童胤恒緊張的追問，「是找到之後才……」

「在上面，就西側門那邊，我還沒去問，因爲我也不知道哪間，想說先跟你們商量，是不是跟警察講？」小蛙用力深呼吸，「但時間是對得上，他就是去找完趙文凱後出事的！」

「但不能因此說車禍與趙文凱有關，你冷靜點！」康晉翊出手按住他的肩，「不要衝動！」

「對，你做得很好，我們可以告訴警方，讓警方去調查。」簡子芸也拍拍他的肩，小蛙是最衝動的人了！

說什麼啊？汪聿芃扯扯童胤恒的衣服，就是跟趙文凱有關！

童胤恒回身就知道她想說什麼，也無可奈何，「妳不要火上加油喔，小蛙就很容易暴衝妳忘了。」

「可是……」汪聿芃挺討厭這種感覺的，「好吧，就讓警方去問好了，青山路有的是監視器嘛……」

也或許，他們可以先去看看？

『來不及……』

咦？童胤恒倏地回頭，這聲音太清楚了，是直接穿過腦部的。

『來不及了！』

蘇蘇的聲音！

麻痺感很短暫，但那種感覺太熟悉不過，這就是每次聽見都市傳說的聲音才會有的狀況！

「童胤恒？」汪聿芃當下察覺有異，她喊出聲後童胤恒沒有反應，他僵住了！「喂！」

她直接衝撞，迫使童胤恒向旁跌倒，一般僵住的童胤恒會如雕像般難以移動，所以康晉翊飛快的回身就要扶住可能倒下的他——不過這次，童胤恒只是踉蹌，雖說不穩但不至於倒地。

「喂……汪聿芃！」童胤恒曲著膝勉強穩住身體，「妳這樣我會倒下去耶！」

「想說撞醒看看。」她認真的說明。

唉，童胤恒不停的張握拳頭，麻痺感很微小，像是手部維持一個姿勢久了之後的血循不良。

昨天，蘇蘇到社辦來時，他也有這種感覺嗎？

「你聽到了嗎？」簡子芸緊張的上前，「說了什麼？」

「是蘇蘇的聲音！」終於感到身體恢復正常，童胤恒即刻回頭。

早餐店是在學校南側門的對面，他們剛剛已過了馬路要進入學校範圍時，小蛙才騎車前來，所以童胤恒現在看去的方向是後方的階梯，依山建築的學校哪兒都是樓梯到處都是坡，再正常不過。

往後大概走十步距離的樓梯，是這兒到物理館的捷徑，約莫二十餘階，一個轉彎，兩旁都是樹木小坡，寬度相當，校園裡總是處處皆綠意。

「那邊……在那邊！」童胤恒喃喃說著，二話不說回身就往物理館的方向去！

咦？其他人尚在發愣之際，汪聿芃已經跟著追上。

「喂……喂！等我！我要停車啊！」小蛙的聲音還在後頭嚷嚷。

童胤恒大步往樓梯上走，上方剛好也走下幾名學生，走捷徑總比繞外面一大圈快得許多。女孩子們嘻嘻笑笑的，童胤恒焦急的往上走，汪聿芃則一把抓住他。

「你要幹嘛？」她不解的問著，「不要就這樣亂衝，聽見什麼了？」

「蘇蘇的聲音從這裡傳來。」童胤恒不安的東張西望，「我覺得是在這裡，有點遠，但是……」

抬頭往上看，走下了三、兩個女孩，都不是蘇蘇。

「說什麼了？」汪聿芃皺起眉，他找什麼啊，童胤恒聽得見的都是屬於都市傳說啊！

所以，喔喔，蘇蘇也是都市傳說了嗎？

童胤恒憂心的看著她，「來不及了……」

「啊呀——呀——」

上方驀地傳來驚天動地的尖叫聲，童胤恒與汪聿芃同時向三十度角的十點鐘方向望去，左上方彎道的三個女生抱在一起驚聲尖叫。

「汪聿芃，妳跟子芸待在這裡！」康晉翊奔上，掠過汪聿芃的身邊，推著童胤恒往上，「我們上去看！」

「怎麼了？」童胤恒焦急的上去，上頭的女同學已經腳軟得蹲下。

「幹！聽見這種叫聲一定沒好事！」小蛙再經過，嘴裡喃喃唸著。

簡子芸繃緊身體，停在汪聿芃身後數階之下，她對於這一切還尚未走出陰影，上一次看見腐爛的屍體是熟人，創傷刻在了心頭，汪聿芃不太情願，但還是

往下走的陪伴她。

她上次還跟爛很多的屍體聊天，是很可怕沒錯，但是她更想知道上面發生了什麼事……不，嚴格來說，她想知道蘇蘇怎麼了！

女同學發抖的手指向樓梯邊的邊坡，康晉翊他們小心的往前看，除了樹木跟雜草外，並沒有任何詭異的——童胤恒突然倒抽一口氣，壓著康晉翊的肩，指向其實就在他們眼前的樹木！

那棵樹並不粗壯，但是可以剛好勉強遮掩一個人的身體，長髮與垂下的手都顯示出在那棵樹的背面，有個女孩坐在那兒，頹軟的手上染滿乾涸的鮮血。

「又沒看到正面，叫成這樣我還以為有人死了咧！」小蛙回頭看著抱在一起的同學，是在叫什麼啦！

「……同學！」康晉翊試圖叫喚，「同學！」

「我過去看。」童胤恒直接行動，小心翼翼的往土壤上踩去。

但這坡度實在太斜，即使童胤恒扣著樹也只能滑行一公尺左右，要再往下走約莫五步才能搆到那棵樹。

「你去！」小蛙上前緊扣著同一棵樹，「我拉著你，你小心走！」

「我報警。」康晉翊當機立斷，不管死活，救護車都是必備的。

拉住小蛙的手，童胤恒不穩的在坡地上滑動著，儘管這邊有不少雜草具止滑功能，但因爲斜度總是令人煞不住車；終於來到目標樹旁，趴在那樹幹上恰好能抵抗地心引力。

「同學？」童胤恒穩住身子後小心蹲下，上身繞到前頭去，輕推了一下女孩的肩頭。

他已經做好心理準備。

女孩身體果然在被他一推，旋即往另一側倒下，那頭黑色頭髮飄散，果然是蘇蘇。

「幹！」小蛙的位置與角度看得清楚，在蘇蘇倒下時忍不住咒了聲。

漂亮的女孩瞠著滿佈血絲的眼睛，臉上額上都有著明顯傷口，臉部甚至有多處劃傷，嘴巴張大到極致，舌尖突出於牙外，頸子間緊縛著一條毛巾。

其餘地方沒有明顯外傷，她甚至穿著昨天來社辦找他們的那件吊帶裙。

舌骨斷掉的舌頭因她側首貼地，垂掛在嘴邊，臉部肌肉僵硬的停留在一種「瞠目結舌」的狀態……不，這不只是驚嚇了……

她是在慘叫。

第八章 外援

蘇蘇的屍體在校園內被發現，引起了喧然大波，先不論她的死因與被棄屍，光是她身爲「趙文凱的女朋友」這件事，就足以擁有極高討論度了。

都市傳說、趙文凱、女友死亡這三件事很自然的被連在一起，而警方後來到蘇蘇與趙文凱的宿舍調查，發現浴室裡鏡子龜裂且多碎片掉落，上頭沾著血，她臉上的割痕就是因此而來。

「像是用臉將鏡子砸破」，因此蘇蘇臉上的傷口都相當深，但致死原因是勒斃，頸骨被勒斷。學校這兒的區塊承辦警官是「都市傳說社」一向很熟的章警官，身爲守法的好國民，康晉翊自然有責任告知前一天與蘇蘇見面的事情。

重點是那台相機。

只是當警方搜查了整間宿舍房間，並沒有所謂的相機存在。

而首要嫌疑犯，是身爲同居男友的趙文凱，加上蔡志友車禍前最後見到的也是他，因此警方有十足的理由請他前去說明。

結果相當令人遺憾，趙文凱幾乎擁有完美的不在場證明。

蔡志友的確找到了他，當時他在阿德家，阿德擋著不讓蔡志友跟他見面，雙方還起了爭執，整層樓的人都可以作證。而趙文凱離開阿德那兒是晚上的事了，蔡志友出事前後他人都在，很多人可以作證；因爲阿德有女友，久待也不是辦

法，因此趙文凱晚上七點多才離開，再找地方借住。

而這次，他光明正大的借宿在都市傳說社二社的副社長王冠宏家。

當天晚上，他便是在王冠宏家直播挑戰都市傳說，而且那晚因爲他的到來，鄧明軒跟謝原芬也都跑去，好奇的想知道他挑戰「你是誰」的過程。

所以一整個晚上，他都在王冠宏家，至少有三個目擊者證實他從七點後就沒出去過，而蘇蘇的死亡時間在九點到十點間，與趙文凱根本無關。

她不相信。

砰！一拳驀地自左臉頰擊來，汪聿芃失神得無法閃躲，整個人向右翻滾後落地！

「專心！汪聿芃！」擊掌兩聲伴隨著嚴厲的口吻，「起來！」

汪聿芃咬著固定器爬起，撫著左臉頰的疼，再度準備應戰。

專心啊！她是來學防身的，不該滿腦子都在想都市傳說的事……可是，她就是覺得明明跟趙文凱有關，不然還有誰會殺蘇蘇？就有人這麼剛好闖進蘇蘇家？拿她的臉往鏡子上砸？再用毛巾勒死她，這麼大費周章就只爲了偷一台相機？

「手！」教練大喝，攻擊隨之而來，汪聿芃出手反擊，但依然不夠靈巧的立即被打倒在地，「喝！」

啊！汪聿芃重摔，整個人瞬間被壓制著，這次連掙扎都懶了，她已經練到沒氣力了！

「今天到此爲止了。」教練起身，「十點了！」

汪聿芃吃力的起身，禮貌的向教練敬禮，結束夜晚的課程，「謝謝教練！」

之前她就下定決心要增加鍛練，除了重新積極練跑與重訓外，就是要加強防身術，她從來就是想到便要做的類型，所以也找到教練開始學習。

喘著氣走到一旁大口喝水，最近發生太多事，讓她難以專心。

蔡志友一直還沒甦醒，都已經幾天了？警方開始調查蘇蘇的案子，趙文凱卻全身而退，連童胤恒都說絕對不可能這麼單純。

但是大家問過鄧明軒他們，趙文凱就眞的待在王冠宏家啊！

難道有第三個人嗎？

「下次再這麼不專心，就不要練了。」教練走來，嚴厲的責備，「心有旁鶩怎麼有辦法練習！」

「對不起……」汪聿芃低下頭，她沒有任何藉口。

「是學校的事吧？又有命案又有人車禍的？」教練拿著毛巾擦汗，「還沒醒？」

汪聿芃搖了搖頭，「雖然醫生說無大礙，但就是醒不過來，已經五天了。」

「這種事妳也沒辦法！」教練打開置物櫃，取下外套俐落穿上，「我看新聞這幾天也沒報出個進展，命案似乎也很棘手。」

「是啊……即使整間都是趙文凱的……喔，就是死者的男朋友，就算都他的指紋也不能證實他是凶手，因爲他們本來就住在一起！毛巾也是他的，自然有他的表皮細胞……」

但是相機不見了，這是他們最在意的。

蘇蘇回去拿相機，相機沒拿到人卻死了，可那台相機呢？趙文凱說他放在家裡，並沒有帶在身上，警方也沒有權搜查阿德或王冠宏家。王冠宏又說趙文凱就帶了簡單的衣物、小腳架跟手機來而已，晚上用他家的廁所直播。

他們與沖沖的討論在門外聽直播過程的情形，卻沒有一個人覺得趙文凱有異。

康晉翊說，說不定在面對其他人時，趙文凱是原本的模樣，所以鄧明軒他們沒有覺得不正常。至於大家沒有對二社人員說破，關於趙文凱黑粉的事，是爲了觀察他。

「小心點！」

離開租借的小場地，教練與汪聿芃反方向行走，交代她回學校的路上要多加留意。

這裡離學校僅一站距離而已，她是跟童胤恒一起學的，好分攤學費，兩人偶爾騎腳踏車來、偶爾搭輕軌，今天童胤恒打工的地方有同事生病，所以他臨時被徵調，不得不缺課。

這裡也有一個小公園，輕軌站在北口，汪聿芃心神不寧的揹著背包漫步，下意識拿出手機瞥了眼。

十點十分，等等十一點趙文凱就要繼續直播了，最近看他直播眞是越看越火大，總覺得明明與他脫不了關係，卻又不能拿他怎麼樣。

但章警官說了，趙文凱有完美的不在場證明，而他們認爲的「其他人格」或「其他人」，在法理上根本站不住腳，要警察們怎麼辦？

「我到現在也沒什麼狀況啊……」汪聿芃一邊喃喃自語邊走著，「如果他眞的變成別人……那爲什麼要殺蘇蘇？」

以「產生其他人格」或趙文凱「本來就有別的人格」的角度來看，每一個人格都認識蘇蘇，都知道那是女朋友，爲什麼要殺掉她？就因爲她要拿相機給他們？那頂多就把相機扣下就好了，有必要殺人嗎？

撞裂浴室的鏡子，勒死……這像有仇啊！

汪聿芃驀地停下腳步，她突然想起趙文凱最後傳的訊息。

從口袋裡拿出手機滑開，她自然沒有再跟趙文凱通過任何訊息，所以對話框裡最後一句，依然是：

『我對未來即將發生的一切，感到非常非常抱歉，眞的對不起。』

這句是哪個人講的？溫柔有禮的那位？還是原本的趙文凱……覺得不像是凶狠趙文凱，可說這句話是什麼意思？

蘇蘇的死，也在這個未來發生的事中嗎？

嗯？汪聿芃倏地回頭，毫無感應錯誤的在遠方看見一個停下的身影，她轉過半身，十點後公園的矮燈柱已滅，僅存每十公尺一盞的路燈，因此她只能看見一個黑影。

對方停下了，汪聿芃再鈍也知道有問題。

「哈囉！」她主動開口打招呼，希望自己是錯覺。

但是對方沒有動，她沒那麼熟悉趙文凱，但是身高身形卻十分類似。

「趙文凱嗎？」她直截了當的問著。

黑影仍舊沒有回應，但是卻邁開步伐……越走越快，瞬間奔了過來！

汪聿芃沒有遲疑，返身拔腿狂奔……論跑步她可不輸人的，好歹她是短跑冠軍紀錄保持人好嗎！要追她就有點蠢了！

抓緊背包快步往前奔，身後的腳步聲如此明顯，爲什麼要找她？被跟蹤不是現在才有感覺，這幾天她都覺得好像有人跟著她，果然不是錯覺！

對未來的一切感到抱歉，就是這個嗎？難道指的還包括蔡志友？

趙文凱在鏡子裡究竟看到了什麼？自我人格崩壞的他又剩下什麼？找她下手是什麼意思？他們一點都不熟啊！

剎！人影突然從左方衝出，手持異物就往汪聿芃揮過來，她及時舉高左臂擋下，卻狠狠捱了一記！

「啊！」左手劇痛，她踉蹌得往後幾步後直接跌倒，右手扶著發疼的左手趕緊正視前方。

居然抄別條路！作弊啦！

耳邊彷彿傳來教練的聲音：『永遠要緊盯著敵手！』

說時遲那時快，來人立刻一記又要敲下，汪聿芃用滾的閃躲，那傢伙手上拿的東西很細，看來是鐵條之類的，可是好痛喔！

她要看清楚是誰，這裡燈光實在太暗了。

一骨碌跳起，鐵條揮下，她轉身一百八十度，讓背包承受那一記，同時刻意

藉機貼著鐵棒往敵人的身體邊後退邊撞去。

這招其實很蠢，因爲當她發現這樣的衝撞無法使對方跌倒後，她就後悔了，來不及拉開安全範圍，對方由後左手一勾，旋即扣住了她的頸子！

「哇啊——」來不及來不及！

汪聿芃被夾在來人的手肘與身體間，扣得死緊，教練之前教的什麼以手阻擋根本都來不及施展啊！她上課應該更專心一點的嗚嗚！

彎腰打算硬騰出空間，同時左右死命扭動身體，對方的力氣很大，但她好歹也是運動員好嗎！

「趙文凱，你夠了沒!?」她咬牙問著，隨便亂喊，「十一點快到了，你不必回去直播嗎？」

來人將她一起往後拖行，但因爲她的掙扎不得不停下腳步，「解決妳不需要多少時間。」

是趙文凱的聲音嗎？她聽不出來，不準確啊！

「最好是——」汪聿芃尖叫著，餘音未落，她的手機突然響起。

高分貝的響聲自她右手傳來，連趙文凱也一怔，左手略鬆了些……就是現在！

汪聿芃掙開了來人的箝制，只是還沒轉身，鐵條一記就往她的背上擊來！

呃——她整個人往前飛撲，撞上了就近的一棵樹，不敢大意的立即旋身，貼著樹幹，將右手打直的照向走來的傢伙。

連帽T恤加口罩，看不出來是誰啦！

但是，卻有雙凶狠的雙眼！

「誰？」她不可思議的問著，「你是誰啊？」

「妳應該對著鏡子問問看的，」來人勾起冷漠的嘴角，「妳會知道的。」

汪聿芃凝視著他，「你又知道我沒有？」

對方明顯一愣，但只有兩秒的時間，即刻揚起手中的鐵條，露出殘虐的眼神，「都市傳說社根本不該存在——」

只要這些人不在了，「都市傳說社」就不存在了！

這一棒既用力又凶狠，毫不遲疑的直接朝貼著樹幹的汪聿芃揮了下去！

啪！

護著頭的汪聿芃緊閉起雙眼，她本想著逃不了也不要受太重的傷，可是……卻只感到一股風。

一隻手直接擋住了鐵條，並且緊緊抓握，一個人影擋在汪聿芃面前，高瘦的身影遮去了光線與她的視線。

教練！

教練轉動手腕，扣緊鐵條當支點，原地躍起凌空就轉了個旋身腿，直接踹向對方！

「你在對我的學妹做什麼？」

深夜的麥當勞裡，桌上擺了套餐，汪聿芃低首含住吸管大口喝著可樂，左手袖子挽起，手肘做了簡單的包紮。

「學姐妳蜂蜜芥末醬不用的話，我要吃喔！」她問著坐在對面的女人，得到首肯後便開心的拿過。

「左手能開嗎？」斜對面的男人貼心問著。

「可以！」汪聿芃咬牙切齒的回應，用牙齒咬著角落，就可以輕易撕開醬包啦。

正對面女人不耐煩的雙手抱胸，到底是什麼樣的神經可以這種情況還吃得下去？

適才她一個旋踢，直接踹向攻擊者的臉頰，對方踉蹌跪地，卻還咆哮不止。

『都市傳說都是假的！我會證明給你們看！再也不會有都市傳說社的！你們等著！』

「我要是沒有回頭，妳可能已經死了知道嗎？」

「喔，謝謝學姐。」汪聿芃拿著薯條沾醬，很滿足的塞入口中，她謝謝好多次了呢。

「我沒有要討謝！」女人趨前，一掌擊在桌上，「妳是有沒有危機意識啊？」

嗯……汪聿芃狐疑的瞅著她，「我有啊，但是我現在沒事了不是嗎？」

學弟妹們主動詢問是否有私下交授防身術及格鬥過程，她之前就注意到「都市傳說社」的新血有幾個可以鍛鍊，隨意提了個價碼，前提必須配合她的時間，再租下公園的小空間，展開特訓。

急促的腳步聲從樓梯下傳來，他們就坐在樓梯旁，所以聽得一清二楚，童胤恒一奔上即刻煞車，驚愕的看向正望著他的一對男女。

「教練……學姐好，學長好。」他尷尬的頷首，汪聿芃聞聲回頭，指指身邊的位子給他。

接到汪聿芃電話時他緊張死了，她開頭就說差點被殺掉，但是教練救了她，然後緊急CALL他到學校山下的麥當勞。

沒說學長也在啊！

「叫你來是因為我們都是地球人，我想聽聽你的說法。」學長瞟了一眼汪聿芃，「她剛剛可能差點被打死，現在還能這麼自在的吃薯條？」

「因為沒事了吧！」童胤恒乾笑著，倒是很瞭解汪聿芃，「真的要謝謝小靜學姐。」

馮千靜紮著一頭長馬尾，較之於學生時代多了份成熟，卻也更漂亮了，今天化著淡妝，眼線上勾挑起媚眼，一如格鬥宣傳海報裡的東方美。

「她今天比我早到，我到的時候就覺得附近有人。」馮千靜沒好氣的看著她，「說到底都是妳的問題，為什麼要叫人挑戰都市傳說，那是能挑戰的嗎？」

「這也不全是她的問題，學姐，那個人本身就是黑粉，無論如何他都會挑戰那個都市傳說，汪聿芃說的那句話，只是可以讓他當話柄而已。」童胤恒連忙為汪聿芃解釋，「這學期以來，攻擊社團的黑粉之一，應該就是趙文凱。」

馮千靜疑惑的皺眉，「黑粉？他不是二社的人？」

「臥底的概念。」汪聿芃簡單聳肩，「剛剛學姐也聽見了，他不相信有都市傳說，所以他要挑戰『你是誰』，三十天後再來證實都市傳說不存在。」

「我的天哪！」馮千靜忍不住扶額，「我們是避之唯恐不及……我們是指我

跟毛，郭岳洋不是把過去的經驗寫得清清楚楚嗎？一個人的捉迷藏教訓都沒人記得？」

「他不信啊，學姐。」童胤恒再三強調，「如果不信，又怎麼能是教訓呢？」

汪聿芃抽空，把盤子往童胤恒那邊推過去，請他一起吃薯條。

學長毛穎德望著他們，再看向汪聿芃手上的繃帶，有些狐疑，「學校的命案跟昏迷的社員，跟這位挑戰者有關嗎？」

童胤恒用力點頭，一五一十的說明狀況，依然昏迷的蔡志友、死亡的蘇蘇、不在場證明的趙文凱，還有今晚的攻擊。

「你是誰啊……這都市傳說很新，也很陌生。」毛穎德早先就查過了，「格式塔崩壞，所以他可能不認得自己，或是只記得部分的自己。」

「嗯，我一直覺得說不定還可以誕生新人格。」汪聿芃認眞的回應，「跟我們接觸的趙文凱，不是晚上殘虐的這個。」

「新人格嗎……用語意飽和想法去思考……他看著鏡子會覺得越來越不像自己，忘記某部分的自己，記憶中斷無法相連。」毛穎德細細推敲，「或許不是新人格，而是剩下的人格。」

「有可能嗎？意思是原本的趙文凱人格被切成好幾部分，有些被抹煞了，剩下小部分的……」童胤恒一頓，「剩下那個討厭都市傳說社的人格？」

馮千靜點點頭，「凡事都有可能，這就是都市傳說。」

「他今天晚上十一點還是準時開了直播。」童胤恒仔細回想，「再加上汪聿芃被攻擊的時間，我沒有聽到任何關於都市傳說的聲音。」

對面一雙男女一怔！「什麼意思？聽到都市傳說的聲音？」

「他聽得見都市傳說聲音，聽到時會僵硬無法動彈！」汪聿芃解釋著，「我則是看得到都市傳說，啊～我在地鐵站看過如月列車喔，夏天學長還在上面打PASS給我！」

「什麼！」一雙男女不約而同跳起來，「妳看過夏天？」

汪聿芃開心的點了點頭。

「混帳！」馮千靜右手握緊拳頭，「居然不會給我看一下？」

「妳現在又不搭地鐵……放手，放手……」毛穎德趕緊勸慰，「你們到底爲什麼會跟都市傳說有連結？」

兩個學生同時聳了肩。

「我以前是痛得要命，那是錐心刺骨的痛……怎麼差這麼多，眞是不公平。」

毛穎德忍不住咕噥，「不過畢業後就沒有這個狀況了，換你們傳承嗎？」

「這種事不要傳承比較好吧！」童胤恒由衷的說道，「聽見那些聲音就代表著危險、受傷甚至是死亡……太難受了。」

馮千靜凝視著他們，冷冷的勾起嘴角，「這就是都市傳說！我也搞不懂爲什麼有人會這麼喜歡。」

呃……毛穎德默默的看向對面的學弟妹，小靜這一箭射穿兩個人的心啊，據他所知，這兩位都是很熱愛都市傳說的人。

「學姐，現在不管趙文凱是多重人格還是被抹滅，我完全想不到阻止他的辦法，我不知道他想要幹嘛啊！」汪聿芃實在不解，「他要攻擊我又是爲什麼？我跟他又不熟啊！」

「你是誰這個都市傳說太陌生了，沒人知道他對著鏡子時看見了什麼、或是感受到什麼，都市傳說又是何時、第幾天找上門的。」毛穎德思忖著，「就我看過的資料，做實驗的人會變得有點瘋狂，辨識出問題……他說不定正經歷這個階段。」

「眞是笑話，他都已經變成那樣了，剛剛還喊著說都市傳說根本不存在。」

馮千靜無奈的笑著，「到底是剩下什麼人格，完全不明白自己發生什麼事了嗎？」

汪聿芃眨了眨眼，咬到一半的薯條卡在牙邊。

「會不會是……那個極度討厭都市傳說的人格啊？」她飛快的聯想，「討厭都市傳說，想要終結掉都市傳說，而這個人偏偏卻殘暴不已……」

童胤恒深吸了一口氣，「解決掉都市傳說社的人，就能終結這個社團嗎？」

汪聿芃驚訝的看向他，點頭如搗蒜，「對、對啊，萬一是這樣怎麼辦？或是他本來有個殘虐的人格被引出，原本人格已經消失了，所以他傷害蔡志友、殺掉可能知道太多的蘇蘇……再來攻擊我？」

「但是還有別的人格存在？很有禮貌或是很膽小的傢伙？」童胤恒邊說一邊否決，「但如果是多重人格，會有一個很強的掌控全局——尤其他自己又抹煞掉主人格的話，唉。」

「我明天有通告，不能待太晚。」馮千靜打斷他的喃喃自語，直接起身，「讓簡子芸或康晉翊把詳情寫下來，可以只給我們看，我們再叫洋洋幫忙看看有什麼辦法。」

「他說不定只想跑去訪問趙文凱。」毛穎德也跟著站起，「童胤恒，結伴同行，現在要先把趙文凱當作瘋子看，都市傳說社的人都要小心。」

「啊？」童胤恒有點錯愕，怎麼說風就是雨的，學長他們要走了？

穿上外套，馮千靜帥氣的說聲再見就往樓梯走去，毛穎德交代他們注意安全後也跟著離開。

「童胤恒！」走到一半的馮千靜又折返，「下次不許缺課。」

「是！這次眞的是不得已的！」他跑到樓梯邊朝下揮手，「學長學姐再見。」

座位上的汪聿芃默默收拾著餐具，不管眞實的狀況是什麼，現在唯一可以確定的是趙文凱的凶狠。

章警官一定又說要有證據，是，她明白，但還有誰會想攻擊都市傳說社的人？

晚上那個人不僅想攻擊她而已，左手的疼痛讓她明白，他想殺了她。

童胤恒一送走學長姐，立刻滑回位子，拉起汪聿芃的左手，「還好嗎？要不要去看醫生？」

「學姐說骨頭沒斷，但是很痛……超痛。」汪聿芃皺起眉，「他是認眞要殺我的。」

「殺？」這個字讓童胤恒好心慌，「趙文凱？」

「看不到臉，聲音好像也有故意裝……不管，反正一定是他！我現在覺得連蔡志友的事都相關聯了。」汪聿芃抽回手，想收拾餐盤，童胤恒趕緊接手，「他剛說要讓都市傳說社終結，根本每個人都有危險。」

童胤恒嚴肅的擰眉，汪聿芃推測的也沒錯，蔡志友沒死是不幸中的大幸，那樣的摔車法，下坡路段又是邊坡，若是當場死亡也不意外。

「那天在森之家，拿起玻璃杯就砸上阿風頭部的場面跟聲音我都記得……他眞的很狠絕。」童胤恒與她一起離開，「妳認爲在進行挑戰都市傳說的同時，現在剩下的、或出現了最殘虐的人格，正巧是討厭都市傳說那個？」

「嗯，他是黑粉，又可以爲了攻擊我們加入都市傳說社，我覺得心底有一塊是變態的。」汪聿芃哎唷了聲，「怎麼會有人特地把自己的主人格抹滅呢？」

「他沒信過啊……不過這個都市傳說奇了，眞的這樣就可能把自我意識抹去嗎？或是產生新的人格？」童胤恒想到就覺得頭痛，「跟催眠好像。」

「這就是催眠吧！只不過是對自己催眠，我們得警告一下大家。」汪聿芃歪了歪嘴，「警告多少人？全部嗎？」

「直接發文最快！」童胤恒憂心忡忡，「社長他們去醫院的時間是固定的，他們更要小心。」

來到機車邊，汪聿芃突地拉住童胤恒，先小心翼翼的檢查機車有沒有任何異狀，蔡志友的前車之鑑可不能忘；戴上安全帽，童胤恒載她上山回家，一邊騎

著，環著腰際的手便更緊了。

童胤恒趁著停紅燈時輕輕拍拍她的手，「提高警覺就好，讓自己神經繃緊些。」

「都市傳說眞可怕。」她悶悶的說，「但是人更可怕。」

至少都市傳說不會跟蹤她，突然操起鐵條就想把她幹掉。

「另一個角度想，至少他是人。」童胤恒望著遠方，是人，就有反應跟抵抗的機會。

綠燈亮起，童胤恒催著油門往前，不時得從後照鏡留意後方，現在的他們，草木皆兵。

大家對於「你是誰」的猜測也僅止於此，但是剛剛她想起了另外一件事。

趙文凱不只說過一次，關於「鏡中的新世界」，所以都市傳說不只是催眠，在他問著自己「你是誰」時，他還能見到新世界？

所以鏡子的那邊有什麼對不對？那爲什麼她看不到？

悄悄看了錶上的時間，幸好她每天都在凌晨問自己「妳是誰」，才不會因爲像晚上這樣的意外誤了時間。

連續三十天，今晚是第十五天。

剛過午夜，童胤恒一路送到她宿舍房門口。

「你不必這樣送我吧？」她小聲的說著，「你等會兒回去怎麼辦？」

「總會有一個人落單，那寧可是我。」童胤恒今晚很嚴肅，「居然盯上妳，也是很聰明啊，從女生下手。」

「我是有點慌了，學姐教的我都還不上手，反應也沒你快……跑步我是不輸人啦，可是那傢伙走捷徑啊！」想到這點她就有股悶氣，居然作弊！

「就算跟章警官說，對方遮掩成那樣也無法斷定就是趙文凱，想拘留他只怕也難。」童胤恒憂心忡忡，「我明天上午接妳去學校吧！」

「……要不要這麼誇張？走路就到耶！」汪聿芃翻了個白眼，「我們課的時間不同，你怪怪的耶！」

「誰怪啊，還不是擔心妳！」童胤恒有種好心被雷親的感覺，「好！白天他應該也不會怎樣，妳自己小心一點就是！」

汪聿芃比了個ＯＫ，看那輕巧的態度，完全都不像晚上剛遭受過攻擊的傢伙。

童胤恒只能搖頭，但這樣的好處是，每一次發生事件後，她的恐懼都會在遲來的淚水中被沖淡，也不至於像敏感的簡子芸，必須定時去看心理醫生，才能逐漸走出陰影。

聽著鑰匙聲開門，他突然止步。

「對了。」他回身，盡可能輕聲的喚住已經要開門的她。

汪聿芃回首，呆呆的眨著眼，「嗯？」

「妳……沒在做什麼傻事吧？」童胤恒蹙眉，用帶點質問的眼神瞅著她。

汪聿芃雙眼清澈，自然的微笑，搖了搖頭。

「晚安。」童胤恒略鬆口氣，轉身後快步的離開這層樓。

目送著寬闊的背影轉身下了樓，汪聿芃露出個勉強的笑容。

「沒有才怪。」

逕自吐著舌，趕緊開門進入家中，左手還是好痛，她這樣子行動不便要好一陣子了，小靜學姐單手握住耶！爲什麼差這麼多！

簡單洗了把臉，她決定在洗澡前把今日事完成，望著手機掙扎很久，她最後決定還是不要錄影。

如果這個都市傳說眞的跑來找她了，錄影好像有種自掘墳墓的感覺。

關上門，她沒像趙文凱這麼惡趣味一定要全黑的浴室，故意只開鏡裡燈，那根本拿來營造氣氛用的！她是純粹實驗，完全按照傳聞中的做，而且她也沒耐心，穩穩的每隔五秒唸一次，哪有那麼多時間啊！

十次她十秒內就唸完了啊！

呼，今天有點緊張，因為她是第十五天，趙文凱這麼快就有變化了，她為什麼都沒有？

而且小靜學姐剛提醒了她一件事，說不定她可以試著找外援啊！

「我沒有要冒犯誰的意思唷，但是我真的很想知道趙文凱看見了什麼，新世界又是什麼。」她是望著自己的眼睛說的，「好了，第十五天！」

她深呼吸，挺直背脊，瞅著鏡裡的自己眨眨眼。

「那個……學長？哈囉，學長如果可以有點提示，我會很感激的。」她還舉手，用指甲敲敲鏡子，「夏天學長？聽得見嗎？哈──囉！」

浴室裡自然除了她的迴音外，根本沒有任何反應，汪聿芃也不以為意的搔搔頭，自言自語的拍手兩下，正式開始！

「妳是誰？妳是誰？妳是誰？妳是誰？妳是誰？」她很客氣的頓了兩秒，

「妳是誰？妳是誰？妳是誰？妳是誰？妳是誰？」

沒有移開過視線，她眞的是對著自己問的。

「問這種問題眞的很莫名其妙，我就汪聿芃啊！」她無奈皺眉的看著鏡裡的自己，「可是爲什麼有人這樣問一問，就會不認識自己？抹煞人格？」

她抿著嘴後退一步，在浴室中間望著鏡裡的自己往左轉一圈，再往右轉一圈，稍微整理一下頭髮，歪頭，嘟嘴，吐舌。

「啊就我啊！」橫看豎看都是她自己嘛！「我說新世界……」

話突然停住，因爲她瞥見鏡中的門下，彷彿有影子？趕緊跑回鏡前，認眞的盯著鏡子下方紊亂的影子——小偷？

「家裡有人喔！」她緊張的扯開嗓門大喊，希望嚇跑偷兒，她門明明有鎖啊！

不安的回頭看去，深怕有人會闖進來，還蹲下來往浴室門縫下看，並沒有什麼足影，可她最後還是躡手躡腳的往門邊跑去，還將門給靜悄悄鎖上。

接著將馬桶上的水箱蓋拿起，陶瓷的很沉重，K到頭應該多少有效果吧……唉，只是手很痛，左手實在使不上力。

抱著水箱蓋回到鏡前，卻在一瞬間差點滑掉。

鏡子裡，沒有她！

「咦！」她吃驚的對著鏡子，裡面映著後面白色的牆，甚至有毛巾架跟門後的掛勾，以及她那個淺綠色的蝴蝶結浴帽——

可是她呢？她的人呢？

「好重，先放旁邊！」她索性把馬桶蓋放下，將水箱蓋擱上去，「什麼東西啊？哈囉？哈囉？」

焦急的拍著鏡子，連她的手都沒有出現。

一股惡寒湧上，汪聿芃突然意識到這可能是趙文凱經歷的一切……她再度看著門下的紛亂足影，再回頭探視自己的門縫下，依然毫無人跡。

是啊，她有鎖上大門還上了閂，除非之前有人躲在她這個六坪大的房間裡，除非躲進餅乾罐子裡，不然她怎麼可能會看不見！

「太扯了……」她手腳開始不聽使喚得發抖，曲著手指敲敲鏡子，「哈囉，Knock、Knock！有人在嗎……這樣子我連要問妳是誰都不可能了，有點邏輯好嗎？」

砰——浴室的門被猛烈撞擊，發出驚人的聲響，汪聿芃嚇得摀起嘴，但這一切都不是在她身後的門外發生的。

而是鏡子裡那道……現在還在震動的門……

「不可能不可能……」她慌亂的搖著頭，手機呢？糟！她手機放在外面了！

噠，鏡子裡的喇叭鎖開了，鎖彈開的聲音讓她顫了一下身子……她應該要跑對吧？

這種時候……汪聿芃緩緩向後走去，應該要離開這間浴室，沒有必要再在這裡堅持，「妳是誰」她已經問完了！

「我應該先洗澡的！噢！」她哽咽出聲，這下子她就不敢在這裡洗澡了啊！

咿……門被緩緩推開了，汪聿芃忍不住止步，鏡子裡依然映不出她的姿態，但是卻清楚的看見那扇門慢慢……慢慢的……推了開……

汪聿芃再次回眸，她的浴室門鎖，還是鎖著的。

裡面走出來的會是誰呢？她緊握著雙拳，低首看著地板……是啊，等她再度正首面對鏡子裡那個人時，她是不是會脫口而出：「妳是誰？」

是這樣嗎？

不想拖太久的掙扎，汪聿芃倏地正首，鏡裡驀地出現了倒影。

「呀——哇呀——」

第九章 人人自危

「都市傳說社」公開了人人自危的消息。

簡子芸同時公布趙文凱的黑粉身分，挑戰都市傳說只怕居心不良，但隨著森之家的鬥毆、蘇蘇命案後，「都市傳說社」懷疑趙文凱已經遭遇了都市傳說，「你是誰」已發酵。

簡子芸用詞相當斟酌，解釋這個都市傳說會引起的心理狀況，極有可能不認得自己，抹煞掉本身人格，甚至出現了隱藏人格。

而「都市傳說社」的人開始陸續遭受攻擊，昨夜汪聿芃遭受歹徒跟蹤毆打，感覺不是巧合，雖不能肯定是誰，但是發文請大家小心，務必結伴同行。

消息一出，二社的主要幹部再也坐不住了。

「我們眞不知道阿凱是黑粉！」鄧明軒滿懷愧疚的大喊，「他很熱心，幫忙許多事項，即將接總務啊！而且、而且他平常對都市傳說也知之甚詳啊！」

「敵人總是比自己瞭解得更透徹，才能攻擊我們。」簡子芸幽幽的開口，「王冠宏，現在還住在你家嗎？」

「沒有，他跑了。」王冠宏語重心長，「我眞不知道……我也沒想這麼多，他就借住而已，這幾天也都正常上下課，不過前晚就沒回來睡了，我以爲去明軒那邊。」

「沒有，我一直以爲他在你家。」鄧明軒擔心的問著，「傳訊息都是已讀不回，不知道在幹什麼！」

康晉翊依然坐在自個兒的辦公桌上，重看前夜的直播，「跑了啊……他還有哪裡能去？」

「已經都沒去上課了。」謝原芬他們都有共同朋友，所以去打探了一下，「兩天沒看見他了。」

電視機與假人模特兒旁是小蛙的位子，他總是靠著那兒的小書架，一臉誰惹他誰倒楣的姿態，坐踩在椅子上、曲起一隻腳，完全大爺模樣。

「一學期沒人知道他是黑粉？你們也太扯了吧！」小蛙不高興的唸著，「這次蔡志友的事是不是他弄的？外星女也懷疑昨天跟蹤她的是趙文凱！」

「眞的不知道！」三個二社幹部異口同聲。

簡子芸無奈回首，暗示著小蛙不要牽怒，她知道他是擔心遲遲未清醒的蔡志友，但事不關二社的人啊。

「他們也算是受害者吧，你怪他們沒用。」簡子芸嘆了口氣，「他眞的是黑粉的話，還認識哪些人只怕蔡志友才知道，可是他偏偏現在……」

鄧明軒雙拳擱雙膝的沉重，「眞的很可怕，怎麼能瞞成這樣！一切都是爲了要攻擊我們社團？這也太無聊了。」

「這不是無聊，這是一種人性中的殺戮。」康晉翊自座位起身，緩緩走了出來，「霸凌也是一種，當殺人打人都會犯法時，人們就會去找別的方式，來滿足自己的殺戮慾望。」

謝原芬困惑的蛤了聲。

「酸民刻意講難聽話，故意攻擊爲的就是要讓對方難過傷心，但是他們心裡會很開心。」簡子芸用簡單的話語解釋，「而黑粉拼命攻擊我們社團，爲的也是毀掉這個社團、或滿足心裡殺戮的慾望，因爲他們會因此得到滿足與開心。」

牆邊的小蛙啐了聲，「變態！」

「他不會這麼覺得，這種人只覺得你弱你活該。」康晉翊也很無奈，「我們現在沒辦法對趙文凱做什麼，他人也躲起來了，但大家都要小心，先是蔡志友跟汪聿芃……誰曉得下一個是誰！」

「幹！誰來都一樣！我一定把他抓住，先痛扁一頓！」小蛙氣得跳起來，他本來就是衝動派的。

「明槍易躲，都能跟蹤汪聿芃了，她防身術課程兩小時，對方可就在外面等兩小時！」康晉翊想到就後怕，要不是有學姐在，現在可能就得到醫院去看她

了。

不過童胤恒說不能把學長姐的事說出來，畢竟學姐是公眾人物，不該被捲進他們這一代的社團紛爭。

「所以我們才趕緊過來，看有什麼需要幫忙的！」鄧明軒誠懇的說著，「雖說不要落單也不是那麼簡單，但我想我們二社的危險說不定比較少。」

「為什麼？」小蛙心有不平。

鄧明軒尷尬的往左前方的小蛙那兒看去，不知道該怎麼說朝簡子芸發出求救。

「因為如果攻擊的是趙文凱，剩下對都市傳說社有意見的人格，自然是對我們這個一社感冒！」門口閒散走進甫下課的童胤恒，「要攻擊你們的話，前幾天都住在一起，王冠宏還能在這裡說話？」

鄧明軒一怔，對厚！上星期趙文凱都住在王冠宏那邊咧，而且他們幾個幹部還有聚會，眞要動手，機會多得是，還不必跟蹤！

「汪聿芃呢？」簡子芸起了身，好奇後面沒跟人。

「她這節有課吧，有空應該會過來……吧？」童胤恒朝著二社的人打招呼，「怎麼這麼巧，大家都在？」

「過來看有什麼需要幫忙的，副社長一說可能有人惡意攻擊，還說趙文凱居然是黑粉，我們就覺得不過來不行了。」謝原芬是二社幹部裡唯一的女孩，相當可愛，「至少可以陪同，或是守望相助之類的。」

童胤恒心中無限無奈，帶著氣把背包往沙發上扔，「趙文凱是關鍵，可是證據不足，又不能抓他。」

「所以……上星期跟我在一起的那個阿凱，已經是都市傳說了嗎？」王冠宏皺起眉，一臉後怕，「但是他的表現都很正常，只是沉默了點，人禮貌過了頭……」

「禮貌？那是第二個人格。」簡子芸隨手紀錄著，「我們猜，趙文凱扣掉主人格的話，目前有三種人格，一位謙恭有禮，一個膽小碎唸，剩下就是殘暴的這位了。」

「那怎麼樣可以讓趙文凱的主人格回來？」鄧明軒好奇的問，「我看電影裡，有時是重大遭遇，或是可以喊他全名？」

「汪聿芃昨晚就不知道喊幾百聲了，那是電影！而且每個人狀況不同。」童胤恒把自己摔進沙發裡，「最可怕的是，這個趙文凱的多重人格，是因為都市傳說產生的……或者說……」

他已經是個都市傳說。

康晉翊嘖了聲，突然開始喃喃自語的來回踱步，剛剛鄧明軒講到一個重點：主人格呢？

趙文凱的主人格是什麼時候不見的!?

「你是誰要挑戰三十天？為什麼趙文凱這麼早就有變化？原本的趙文凱是什麼時候消失的呢？」康晉翊提出了新的疑慮，「不到三十天？該不會第一天就出狀況了？可惜蘇蘇走了，也就沒人知道細節了。」

咦？對啊，說好的三十天呢？今天才第十八天耶！

最親的蘇蘇已經死於非命，現在也沒有直接證據證實是趙文凱所殺，命案發生時他非常配合的去做筆錄，但所有證物都是他的，有他的指紋跟ＤＮＡ理所應當，這反而變成阻礙警方查案的關鍵。

蔡志友車禍的青山路找過監視器，也只拍到一個穿深色連帽T的男生曾在蔡志友機車附近徘徊，但也沒照到五官，而車禍的路上太多人來人往，停下來、上前的人與車都太多，找不到什麼特殊異狀。

汪聿芃的事就更別說了，漆黑的公園光線不明，連正面對著歹徒的學姐都說不出所以然了！連帽T加口罩，是要怎麼認啊！

章警官不太高興的說汪聿芃應該報警，但這又卡到學姐的身分，再加上遮成那樣警方也不能證實什麼，就不必多生事端了。

「對！阿風！那個被打的傢伙！」小蛙突然想起，「蔡志友之前也去找過他們啊，他們跟蘇蘇不是朋友嗎？」

「咦？對，說不定更早發現趙文凱的怪異！」康晉翊一頓，「不對啊，他們是黑粉，會老實說嗎？」

「蘇蘇都死了，一條命啊！」簡子芸倒是覺得可行，「科學驗證社也是一個目標。」

二社的人積極舉手，「那我們去找科學驗證社吧！」

「喂喂，不要起爭執啊！現在風聲鶴唳的！」康晉翊趕緊警告，消息一公開，黑粉立刻又說「都市傳說社」輸不起，先是迫使一個無辜人挑戰都市傳說，現在又黑他！

「太難了，不要去科學驗證社好了！」童胤恒連忙阻止，「那個阿風倒是可以找找，但千萬不要找科學驗證社。」

二社的人個個轉著眼珠子，另有打算的樣子，康晉翊知道那種表情，明知不可為而為之，這正是「都市傳說社」的特質。

「下午第二節我有空堂，我想去青山路那邊一趟。」童胤恒拿著手機低喃，「汪聿芃今天很奇怪耶，不太回的！」

「下午我要去醫院……」簡子芸看向康晉翊，一向是他陪她去的。

「我下午滿堂！再不去就會被當掉，接著要打工。」小蛙伸直著手，「要查蔡志友的事嗎？你要等我嗎？」

「不，白天看得比較清楚……」童胤恒這才意識到，一社的人員還真的所剩無幾啊，「我等等看汪聿芃有沒有要跟，不然我就自己去了。」

「學長，我陪你去好了。」王冠宏自告奮勇，「我那堂是空著的，至少要結伴，不然很危險！」

「我那天有在耶，我剛好要上山就遇到車禍，但我沒有看見地上有什麼啊！」謝原芬提供了意見。

「那天很多目擊者，但完全沒人知道蔡志友怎麼摔的。」童胤恒擠著笑容，「謝謝！」

王冠宏開始跟他約見面地點，其實童胤恒有點不習慣這種「結伴」，但現在狀況的確特殊，重點是汪聿芃又完全不理會他！鄧明軒也在旁邊跟康晉翊討論護衛事宜，是不是所有一社的人只要出入都盡量有伴，還問了他們去醫院的行程與往返時間，打算請二社空堂的人護送到醫院。

「會不會太誇張？」連簡子芸都覺得勞師動眾得好扯，「而且你們還要陪我們回家？」

「不會啦！」謝原芬用力握拳，「學姐，你們危險性比較高，都同社團的，當然要保護你們！」

康晉翊瞅著他們，若有所思，嘴角泛起淡淡笑容，「沒關係，醫院人這麼多！這次先不必啦！」

小蛙看著，拎起背包起身，快下課了，他下堂是非去不可的課，離這裡有段距離，「先閃！」

「啊！小蛙學長！」鄧明軒即刻拉住他，「你幾點下班？」

「我不必啦！最好就讓我遇到！」小蛙義憤填膺，「我就拖他去警局！」

唉，衝動行事絕對不是上策！童胤恒搖首嘆氣，但早知道小蛙不會要這種「保護」。

「下班一通電話、回家一通電話，可以吧？」童胤恒指指自己，「打給我。」

小蛙沒說話，帥氣的揮手，二社的人也紛紛起身，看來大家等等都有課，禮貌的跟康晉翊他們說再見後，討論熱烈的離開了。

康晉翊望著他們離去的背影，有些百感交集。

「怎麼？你今天好像一直有心事？」簡子芸動手將椅凳疊好，擱到角落去，「想到什麼解決方法嗎？」

「多重人格怎麼解決！我只是想說，我好像太排外了。」康晉翊自嘲著，「只有週會讓二社幹部來，結果一宣布可能遭受攻擊，他們就來幫忙了，有點……」

簡子芸笑了起來，「小感動？」

「哎！」康晉翊尷尬的搔頭，還略紅了臉。

童胤恒覺得那氛圍他不該介入，不知道他們自己有沒有發現，最近他們對看彼此的眼神都不一樣了。

「也不是不行，當初是怕人太多吧。這件事結束後，我們可以再想個折衷辦法……讓二社部分的人進來也行。」簡子芸苦笑一抹，「如果事情能解決的話。」

「想到就嘔！原本不太關我們的事，結果他偏偏是黑粉，偏偏剩下這個討厭我們的人格！」康晉翊思及此就不耐煩，「我原本以爲把他說『你是誰』的鏡子砸破就了！」

「這不是詛咒啊！蘇蘇都用臉砸破鏡子了，看起來沒有比較好。」童胤恒瞭解那份無力感，「因爲現在狀況變成一個神經病，想把都市傳說社員除之而後快了。」

凡事都往偏激的路走，都市傳說不存在、「都市傳說社」不該存在，所謂的不存在還必須是以社員死亡的方式，這想法是有多爛啊！

「趙文凱眞的要傷害大家才肯罷手嗎？然後呢？」簡子芸憂慮不已，「三十天後，他會變成怎麼樣？」

嗯？童胤恒突然往門口瞧去，他像是聽見什麼似的走到門口，朝左邊望去，結果發現二社的人他們還沒離開鐵皮屋範圍，就在前往出口的走廊通道那兒遇到汪聿芃，幾個人吱吱喳喳。

他只聽見細碎的聲音，不過說什麼聽不見，只能看見二社的人依然興致勃勃，汪聿芃卻反而有些無精打彩。

留意到他探頭而出，汪聿芃朝二社的人道別，緩步走了過來……連走路都是慢到很誇張。

「看了訊息怎麼沒回？」

「啊？是喔……」汪聿芃瞥了他一眼，「我沒空。」

「妳沒空？」這答案眞是令人意外，「我記得妳四點才有課啊！」

「我有很多事要做，你自己去吧。」汪聿芃掠過他走進社辦，「我現在都在想趙文凱的事。」

簡子芸聞聲探頭，她才剛坐下咧，「汪聿芃嗎？想趙文凱也沒用，只能等證據足了才能抓他。」

「他看見的新世界是什麼呢？」汪聿芃坐了下來，背包依然揹在身上，「究竟打算做到什麼地步啊？」

她不是在回答簡子芸，也不是在對童胤恒說話，而是自言自語。

這讓童胤恒覺得非常奇怪……是，她本來就不太正常，但是今天表情、眉宇之間的神情與素日截然不同。

擔心的坐到她旁邊，「發生什麼事了對吧？」

汪聿芃一怔，緩緩的轉向他，「沒有啊。」

騙人。童胤恒自認為非常瞭解汪聿芃，她的眼神再再洩露了她的謊言。

「妳……」

「我不想說話了。」汪聿芃無禮的直接別過頭，「找線索什麼的事你自己去吧，我不在乎。」

不在乎？這句話連簡子芸聽了都詫異非常，她站在客廳與辦公區中隔的書架邊，錯愕的看向童胤恒，他只能皺眉暗示不要說破、也不要吵她，這傢伙是怪，但從來不冷血！

只是邏輯跳了點，每次幫助同伴不僅赴湯蹈火、也不可能扔下任何一個人！蔡志友出車禍那天她在走廊上來回走動不知道幾百趟了，這般的擔心同學，怎麼可能說出不在乎的話來！

童胤恒不再打攪她，但也沒有離開的意思，簡子芸咬著唇回身往書架後走去，呈九十度角的辦公桌那端的康晉翊探出頭，用氣音打著暗號，詢問外頭發生什麼事？

她只能搖頭，不知道童胤恒跟汪聿芃在鬧什麼彆扭。

童胤恒拿出手機，也戴上了耳機，重新看著前一夜趙文凱看似無異狀的直播。

一聲聲「你是誰」下，他該死的突然想起，這件事一開頭時，汪聿芃是不是說過也想問問看？

汪聿芃呆坐在沙發上，連簡子芸要去醫院都沒動過，童胤恒則是因爲要上課

不得不離開，腦子裡千頭萬緒，卻無法確認究竟出了什麼事。

他覺得今天的汪聿芃太怪了，怪到不像是平時的她，光是習慣疾走的她，走路不可能如此優雅又慢條斯里；再來是冷漠的反應，事不關己的態度……她該不會也去挑戰「妳是誰」了吧？

「要找什麼啊，童子軍？」

青山路上，蔡志友的翻車地點，兩台機車停在路旁，但王冠宏實在不知道要找些什麼。

「任何奇怪的東西，或是有可能造成摔車的主因。」童胤恒留意往來的車子，「我到對面去。」

一邊是樹林陡坡，一邊是彎道下水泥牆，他只能假設問題出在邊坡那兒。

「小心點！」王冠宏幫忙看上頭彎下來的車子，「上面沒車！」

下方的車子也慢速上坡，看準了時機點童胤恒便跑到對面去，地上還畫了蔡志友車禍現場的白線，瞧著就令人怵目驚心，來到幽暗的邊坡旁，這兒跟發現蘇的地方差多了，樹木更密更古老，茂盛的葉子遮去了該是燦爛的陽光。

扶著樹木，他試圖往裡頭探尋，但這裡坡度很陡，沒有繩子貿然下去很危險，因此他的範圍就只有一隻右臂長罷了。

從上面一點，來到蔡志友倒地的位置爲止，兩公尺的距離，輔以手電筒仔細搜索，他甚至都蹲下來了還是沒能探查出蛛絲馬跡，不甘心的開閃光燈照了幾張照片，打算回去用電腦看個仔細。

退後回到馬路上，才回頭，還沒注意王冠宏的狀況，他卻陡然僵住。

在王冠宏的正上方兩公尺處，上頭彎道的馬路邊，竟站著熟悉的身影——汪聿芃！

他抬頭不可思議的看著面無表情站在那兒的身影，汪聿芃也似乎正望著他。

對面的王冠宏此時貼在電線桿上，因爲他那頭除了水泥地跟水泥擋土牆外，就只有一根電線桿！

「我什麼都看不到！」留意到他回首，王冠宏嚷嚷，「你那邊呢？」

「啊？」童胤恒不安的才要回吼，兩台小貨車從他們之間駛過，同時間手上的手機陡然響起，讓嚇得緊繃的童胤恒差點把手機摔掉。

小蛙？

「喂？」他一手塞著耳朵，馬路邊車聲實在太大，「又還沒晚上？」

『說什麼啦，我跑去問那個被打的傢伙了！那對情侶檔已經好幾天沒去上課了！』

「什麼？阿風嗎？」女朋友叫什麼他不記得了！

『對，就阿風跟小綠，今天星期四嘛，這禮拜聽說都沒上過課！』小蛙在那頭低吼著，『我覺得莫名其妙又多兩個，你要小心喔！』

又多兩個？童胤恒聽著心都涼了半截，「好，我知道了，我再問問。」

切掉手機，再度抬頭往上看時，已經沒有汪聿芃的身影了。童胤恒腦子很混亂，爲什麼接二連三這麼多事？他再度回到對面跟王冠宏會合，又親自檢查了一次電線桿或是……空無一物的水泥地，還是不明白是什麼原因讓蔡志友摔車。

現在又多兩個……

「怎麼了嗎？你臉色很難看！」王冠宏一眼就看出來了。

「蘇蘇的那對情侶朋友檔也沒去上課了……我想去科學驗證社一趟，問問看他們住哪裡。」童胤恒說著身子一股寒顫，蘇蘇那眼凸舌斷的畫面再度浮上腦海。

王冠宏一怔，「該不會挑戰都市傳說的不只趙文凱一個人吧……」

什麼？

收到訊息，康晉翊完全明白什麼叫草木皆兵的道理，以黑粉來說，既然不信都市傳說，說不定阿風他會去挑戰「你是誰」也不一定，這完全是合理的啊！

蘇蘇也有嗎？康晉翊忍不住思考，蘇蘇的死是趙文凱幹的嗎？或是別的什麼……天哪！都市傳說是很迷人沒錯，但就算他們再喜歡，也沒人會去挑戰它，一個趙文凱已經夠扯了，現在還可能有別人？

啊！康晉翊跟著一愣，該不會不是挑戰，而是因為知道太多，所以出事了嗎？

「康晉翊！」簡子芸推了他一下。

「啊啊啊啊！」康晉翊整個人從椅子上跳起來，驚叫聲響徹雲霄，惹得護理師齊聲說噓——

他手還誇張的比出防備姿勢，瞪著簡子芸。

「你是怎樣？」簡子芸趕緊拉下他的手，「鬧什麼啦！」

「我……」康晉翊尷尬的低下頭，「妳突然出聲，我當然嚇一跳啊！」

「也沒這麼誇張好嗎！」她抽過他幫忙拿的包包，轉身疾速離開現場，超丟臉的耶！

「還不是因爲童子軍說阿風那對情侶不見了，讓我想到他們會不會也出事了！結果這時妳突然叫我！」康晉翊連忙奔上，他自己都覺得心臟快跳出來了好嗎！

簡子芸戛然止步，「那對情侶？天哪……要不要報警？」

「先不要吧！我們也不能確定，這樣亂報不好，鄧明軒說他們會再找找看認識的共同朋友問問。」康晉翊眞心覺得疲憊，「這比上次收藏家累多了。」

「因爲收藏家有個方向，而且我們……不是每個人都被鎖定。」她悲傷笑著，「現在反而更棘手，人人都可能出事。」

「對不起，我不是刻意提那件事的。」康晉翊自知說錯話。

「不必，醫生告訴我必須往前，不能一直陷在那件事裡，面對也是一個開始。」她強迫自己深呼吸，「我們快回去吧，我還想快點查查有沒有辦法讓趙文凱恢復。」

「先請他不要再直播了比較重要吧？」

三十天一到，天曉得會發生什麼事？

兩個走到盡頭，不約而同的轉身往反方向的廁所去。

簡子芸覺得自己應該不是經典的創傷症候群，她只是不想去面對現實，面對于欣的死亡……甚至是于欣爲她而死的事實。

當然被關在棺材裡活埋的驚恐至今難以忘懷，那狹窄的空間，那代表著死亡的每一分每一秒，全是深刻的折磨。

望著自己不住發抖的手，只要一想到那四面都是壁的棺木，她就會湧起克制不住的恐懼……即使她最後不客氣的解決收藏家，但記憶是抹滅不掉的。

結果一波未平一波又起！挑戰都市傳說？把自己人格抹煞……天哪！這種都市傳說造成的人格崩壞，救得回來嗎？她覺得這好難，就連蔡志友出事他們也都來不及意識到這件事！

要怎麼樣，趙文凱才會住手呢？

推開門閂拉開門，一個人影倏地就站在廁間門外——「咦？」

簡子芸什麼都來不及反應，對方伸手直接扣著她的後腦杓，抓住她的左手，朝正前方的洗手台推去！

哇！簡子芸整個人撞上洗手台，一時腹部重擊疼得她難以換氣，亦發不出聲音，但對方沒有遲疑，在她痛苦的趴在洗手台之際，即刻揪起她的頭髮，狠狠的往鏡子上撞！

「唔！」鏡子被撞出裂痕，簡子芸痛得撫額，感受到對方身體由後壓上，又亂扯她的頭髮，這一次她想反擊了！

猛然向右想把對方撞開，無奈對方死揪著頭髮，不但甩不開還徒增痛苦，可簡子芸不想放棄，她撞著對方後退，迫使兩個人都摔進廁間裡！

然後，她才能從鏡子裡，看見到底是哪個混蛋——圓睜的淚眼裡看見小綠時，她倒抽了一口氣！

阿風跟小綠沒有出事，他們在這裡……天哪！他們也挑戰了都市傳說！啊！康晉翊！

隔壁的康晉翊也沒好日子過，他整個人撞上牆後跌下，阿風殘虐得意的笑開懷，一把再將他後衣領揪起，粗暴的往洗手台拋去！

一再的重擊只是讓人痛苦不堪，撞上洗手台又彈離的康晉翊跌落在地，蜷起身子痛苦的悶哼著……子芸！她一定也出事了！

小綠當墊背，與簡子芸一起跌進廁間後不是很開心，她驀地推著簡子芸起身，二話不說抓著她的頭狠狠的朝門框一撞，簡子芸頓時頭昏眼花，身子一軟便滑落在地。

「痛！」小綠撫著後背，不爽的睨著倒地的簡子芸，「像你們這種怪力亂神

的人，就應該消失！」

舉起腳，逕往簡子芸的臉上踩著，小綠露出了喜不自勝的笑容。

彎身一把拉起她，拖著簡子芸頹軟的身子來到剛剛被撞裂的鏡子前，簡子芸尚有意識，只是身子難以動彈，小綠粗暴的把她撐著架住，讓她看著鏡裡的她們彼此。

「你們這種人，不配知道新世界的美好。」小綠笑了起來，眼神裡沒有一絲一毫的情感。

「……妳不是不相信都市傳說嗎？」簡子芸嗚呼著說，「那妳是什麼？」

「我是小綠啊！」小綠堅定的回應著。

「呵……呵……哈哈哈！妳是小綠？妳這樣子還是小綠嗎？」她刻意狂笑起來，「妳問著妳是誰時看見的新世界，就是都市傳說！」

小綠擰起眉，明顯有幾分困惑，但很快的再度正首，自鏡子裡凝視著簡子芸。

「我聽不懂妳在說什麼！」

下一秒，她便拿簡子芸的頭再度去撞那面鏡子！

「呀——」皮膚敲上裂縫，鏡子一下子迸裂開，割傷了她的臉，好痛！

子芸！

頭破血流的康晉翊貼著牆緩緩滑下，他彷彿聽見了簡子芸的叫聲，小綠對她做了什麼？

「差不多了。」阿風進入廁間，把沉重的陶瓷水箱蓋拿起來，「你們這種人不該存在。」

他走出來，血染紅了康晉翊的視線，他看著阿風手上的水箱蓋，心底一股惡寒。

「憑什麼？」

「憑我不相信都市傳說。」阿風的眼裡盈滿的是虐待的喜悅，高高舉起水箱蓋，對準的自然是康晉翊的頭！

喀啦，輕微的聲響自門外響起，緊接著砰磅聲推開男廁大門，康晉翊瞪大雙眼看出去，看見對面的女廁門同時被推開。

接著阿風以迅雷不及掩耳的速度，抱著水箱蓋直接橫撲進他身邊的廁間，還抱著他的水箱蓋。

重擊與瓷器碎裂音同時響起，康晉翊無法動彈，坐在地上的他卻清楚的看見也摔落在地的阿風右手垂軟在地，還有迸裂的水箱蓋，割得他處處是傷。

「我請問一下，」頎長的男人身影站在廁間門口，對著阿風睨視，「是誰准許你對我學弟動手的？」

淚水奪眶而出，康晉翊忍不住嗚咽出聲，「學長……學長，子芸！簡子芸！」

毛穎德悠哉回身，「我在這裡，你覺得隔壁會是誰？」

小綠被一腳踹上底牆的瞬間，簡子芸撐住洗手台邊緣才不至於滑落，她從鏡子裡看著小綠撞上底牆，來不及站穩又被側踢進旁邊的廁間，緊接著被拖出來肘擊、腹擊，最後是一個過肩摔從廁所這頭往三尺遠的女廁大門口扔去。

砰——她的下半身先撞到了門再摔落，人是呈L型般卡在女廁大門後的。

這一切動作如行雲流水，快到她似乎都沒來得及換氣。

簡子芸勉強撐著身子，淚眼汪汪的從鏡裡看著英姿颯颯的女人，馮千靜轉了過來，勾起一抹笑。

「學姐罩著，不要擔心。」

第十章 連續攻擊

既然是學校附近的醫院，轄區自然屬於「都市傳說社」永遠的人民褓姆，章警官。

不過就學長姐來說，就算轄區不屬於章警官，他們也會硬CALL他過來，畢竟這事關都市傳說，還是找熟悉的人處理比較安心。

阿風跟小綠全被打得不醒人事，上銬送醫，康晉翊跟簡子芸也傷得不輕，各自縫了好幾針，幸好簡子芸臉上的傷不嚴重，但爲了避免留疤，接下來都必須貼上美容膠帶。

好處是他們就在醫院裡，眞是個便利的攻擊場所。

阿風他們醒來後開始哭泣，說不知道爲什麼自己會在這裡，還說絕對不是他們做的，他們不可能這樣傷人，還嚷嚷說是另一個人幹的。

章警官先叫人帶回警局，這狀況還眞符合康晉翊所說的「多重人格」。

「章警官！」毛穎德愉快的打招呼，「好久不見耶！」

「唉……」章警官酸澀的捏著眼頭，「我看到你們都覺得不太舒服……」

「章叔！」馮千靜嘖了聲，幹嘛醬子！「記得幫我掩蓋喔！」

她可不想讓記者報什麼格鬥女王在醫院鬥毆之類的，幸好事情發生在洗手間，而且那兩個混帳提前擺了清掃中的牌子，也沒多少人看到。

就算是她在現場，也沒人拍到她打人嘛！

「學長怎麼會來這裡？」康晉翊好不容易緩過氣，麻醉生效，尚且感覺不到痛。

他額頭跟手都有撕裂傷，身上到處是繃帶。

「你們到醫院的時間固定，要找麻煩一定先找你們。」毛穎德輕拍著他的肩頭，「一切還好嗎？他們會不會有腦震盪？」

「輕微的，要留院觀察幾小時。」護理師溫和的說著，「女同學也一樣喔，先在這邊躺著，躺好。」

剛照過X光，確定了沒有斷骨或是內出血，康晉翊跟簡子芸虛弱的躺在急診病床上，過程除了警方陪同外，自然還有兩位學長姐，急診室人滿爲患，所以他們被推到走廊上等待度過觀察期。

「我不能久留，那兩個學生怪怪的。」章警官朝著康晉翊示意，「有什麼要跟我說的嗎？」

「他們可能也有挑戰都市傳說，就現在在直播那個。」康晉翊相當難受，「如果照我們的猜測，剛剛哭著的可能是一個人格。」

「也可能是演戲。」警方當然不會如此輕信，「好了，筆錄也做全了，你們各自小心……那個，還有幾個人呢？特別的女生也不在。」

「他們在學校吧，上課時間。」毛穎德幫忙回應著，「剛剛已經通知他們了。」

「好，有個衝動派的要留意，那小子瞻前不顧後的。」章警官拍拍康晉翊的床桿，再看向裡面些的簡子芸，「我先走了。」

「謝謝章警官。」簡子芸輕聲的回應，痲醉藥正在退，她覺得頭好痛。

毛穎德送章警官出去，也是因爲許久不見的閒聊，順道一塊兒走出去，馮千靜則留下來看顧他們，也是打算等童胤恒他們一到就閃人。

「謝謝學姐。」簡子芸邊說，立刻就飆淚哭了起來，「她是眞的想殺掉我……嗚嗚……」

「別哭！別……」康晉翊焦急的撐起身子想越過去安撫，馮千靜一手就把他壓回床，「唔——」

「先顧好自己再當情人好嗎！」她抵著他肩頭，「護理師在說沒在聽嗎？躺好。」

「啊……」康晉翊痛得皺眉，他覺得學姐壓得比較痛啊啊！

簡子芸逕自哭泣，打開廁間之後的事如此快速卻又模糊，她只能記住劇痛跟

再次面對死亡的恐懼。

「爲什麼都會剩下殘虐的人格？爲什麼都會剩下討厭都市傳說的那一個？」她望著天花板，哽咽得不知所措。

「不要去揣摩都市傳說，想得到我輸妳。」馮千靜泰然的走到兩張病床中間，「對，洋洋人又出差，他跟你們緣分太淺，不過他託我轉告了兩句話。」

「郭學長？」聽見名字康晉翊就雙眼一亮。

「對，他說……」馮千靜突然分心往右邊看去，看見小跑步奔來、一臉慌張的童胤恒，以及他身後的汪聿芃。

因著她的分心，讓康晉翊跟簡子芸不約而同的也朝左方望去，童胤恒急速的滑步到病床邊，還被護理師唸了一下，不要奔跑。

「對不起對不起！」童胤恒忙道歉著，然後探看他們的傷勢，「天哪……好嚴重啊！學姐說輕傷而已？」

「骨頭沒斷啊。」馮千靜聳了聳肩。

骨……是，對身爲格鬥競技者的小靜學姐而言，斷骨是家常便飯是吧！但他們只是普通大學生啊！

「沒事了，幸好學長姐他們在這裡。」康晉翊連忙讓童胤恒安心，「學姐，妳剛話說一半，郭學長說什麼？」

汪聿芃緩步走來，皺著眉看了一下他們，沒多說什麼。

「不要肖想破解或征服都市傳說，要想的是如何讓循環停止。」馮千靜說得輕鬆，但聽起來很難啊！

學生們都皺起眉心，這是什麼跟什麼啊！

「拿裂嘴女來說，她一出現就一定會伴隨人命，因爲你不管回答她漂亮與否都會受傷或死亡。」毛穎德不知何時已經折返，「但她只要開始出現，就不會停手，總是會一直找人問我漂亮嗎，你們不可能叫她回家吧？」

所有人同時搖著頭，誰曉得她家在哪啦！

「所以嘍，當時我們只能想更好的答案回答她，或是阻止她傷害人……像丟糖果啦、或是講一下模稜兩可的答案拖延，再逃跑。」毛穎德拿下巴朝馮千靜點去，「最後還是讓我們找到讓她不再出現的關鍵點，停止循環。」

簡子芸略抬頭，「我記得是給她制服，因爲她可能想上學。」

「對，勉強可以說是給她想要的。」馮千靜挑了挑眉，「我後來好像一腳把她踹進了學校裡吧。」

「我覺得我們可能做不到踹都市傳說這件事……」康晉翊客氣婉轉的說，

「但我懂學長的意思，起碼讓他們終止傷害人。」

「對。傷人是最可怕的，誰都拿都市傳說沒輒……你們應該非常清楚。」馮千靜語帶玄機的說著，刻意不提起于欣的名字，「給他們想要的，停止循環，就這樣！」

童胤恒嚥了口口水，聽了就覺得虛弱，「聽起來好簡單，但做起來有點難……我們現在對這個都市傳說不熟，一切都是猜測……」

「那就猜吧，我們哪次不是用猜的！」毛穎德笑了起來，大力的在童胤恒背上輕拍，「試衣間時我們還直接進去耶！」

「咳——」學長力量也太大啦，他肺都要被打出來了！「好，假設我們猜對的情況下，不管多重人格或抹滅，反正現在就是個殘虐人，他要的是都市傳說社滅社耶！」

「嗯……」汪聿芃終於開口插話，「是滅人。」

啊……對，康晉翊一陣心寒，是滅人啊，他們便是活生生的例子。

「反正你們思考吧，在當中的你們最清楚。」毛穎德朝馮千靜彈指，「時間。」

啊！馮千靜看了看手機，的確該走了，「既來之則安之，你們都經過幾個了，會習慣的。」

「沒有很想習慣啊！」童胤恒嚷著，這種事……

只見學長姐回眸一笑，彷彿在說：總會習慣的。

學長姐離開了，兩張病床加兩個學生間只有沉默，那群傢伙討厭都市傳說、厭惡「都市傳說社」，不只想讓社團消失，現在是連人都要殺掉的偏激，這怎麼給他們想要的？

任他們屠殺嗎？

「傷得好重啊，都有縫……眞的是往死裡打！」童胤恒難受的看著他們，「眞的幸好學長姐他們在。」

「我沒料到有別人也去挑戰你是誰……阿風根本殺氣騰騰，而且樂在殺人。」康晉翊看著雪白的天花板，鼻間聞的全是藥水味，「他們也不想閃躲，我想被抓也不在乎。」

「因爲那不是他們的重點吧，他們想要的就是把討厭的人滅掉。」汪聿芃幽幽出聲，「已經不能談理智了，所以……我有個想法耶！」

康晉翊有些驚訝的望著她，還下意識的瞥了眼童胤恒，童胤恒只能攤手，他知道很詭異，但今天的汪聿芃的確非常奇怪。

她完全在邏輯線上啊！

「說說看吧！」簡子芸不想連上學都如此提心吊膽。

「就給他們想要的吧！」她雙手還畫了個圓，像是在說：我們。

「什麼意思……給他們想要的不就是——」童胤恒一怔，「妳想以身試險？」

「不是我，是大家。」她轉而面對童胤恒，「既然他們現在目標這麼單純，那我們躲也沒有用嘛，還不如正面迎戰！」

簡子芸皺起眉別過臉，她不想正面迎擊啊，今天她與小綠面對面，連還擊的力氣都沒有！

「我用想的就很痛了，拜託……」康晉翊無力的搖著頭。

「我們就是餌啊！爲什麼不設一個套呢？」汪聿芃雙眼晶亮，理所當然，「剛剛學姐不是說了嗎？要制止的是這個循環，讓都市傳說暫時離開！」

「那也不能拿大家的安全開玩笑吧！」童胤恒果然反對，「妳好不容易跟我們在一條思考線上，但還是要切合實際，妳看看社長他們現在的狀況，能禁得起再一次的攻擊嗎？」

汪聿芃皺起眉，「又不是不想遇到就不會發生！你們有沒有想過，會不會不只阿風跟小綠玩『你是誰』？」

咦？這可讓大家都嚇到了。

是啊，黑粉不只一位，誰曉得有多少不認識的人，暗中挑戰了「你是誰」？

這是只要一面鏡子的事，況且又不會有人直播。

無法理解「你是誰」這個都市傳說、也不知道怎麼去阻止人們挑戰，就只能就已發生的事情加以防範。

「我懂汪聿芃的意思，但我覺得這件事要很仔細，不能有任何閃失。」簡子芸理性的回應，「因爲如果每個人都像小綠剛剛那般冷血瘋狂，我們一不小心就會死的。」

「所以我覺得要快。」汪聿芃勉強笑著，「才十八天就這麼多事了，你們確定大家撐得到三十天嗎？」

是啊，蘇蘇死亡時才第八天而已。

三十天後，這個都市傳說會創造出怎麼樣的怪物？

「社長——」一票人的呼聲此起彼落，二社的人都衝到了，護理師同時轉過來。

「小聲點啦！」剛被噓過的童胤恒趕緊叫鄧明軒壓低音量。

四個學生跑得氣喘吁吁，連忙鞠躬道歉，這次還多了一個大一的學妹，記得

她叫施立紋，社團許多海報文宣都是她做的。

簡子芸跟施立紋比較熟，因爲她也負責了一社的海報。

康晉翊立即暗示這件事先別跟二社的說，而且大家也還沒同意這樣做，以自己當餌面對瘋狂的變態，這需要多大的勇氣啊！

不是每個人都是小靜學姐啊！

置物櫃前的男孩滑著手機，眉頭緊鎖的看著一張張的照片，滿腔怒火無處發洩，不爽的一拳擊在鐵櫃上頭。

「幹！」

一旁換好衣服的同事回頭偷瞥了眼，「櫃子很可憐的。」

「馬的！」小蛙放下手機，先脫掉身上美味外送的紅色制服。

「社團又出事了喔？」女孩從外頭走進來，「有需要幫忙的嗎？」

「對啊，上次你們社團幫了我們很多耶！」連店長都好奇的探頭進來了。

之前小蛙遇到的都市傳說，牽扯到所有外送員，店長自然是認識康晉翊他們的。

「別，這件事扯越少人越好。」小蛙倒也乾脆，「走了。」

「聽說那個直播的還在繼續耶，是瘋了嗎？」女孩好奇的問著，「眞正遇過的人才不敢這麼做！」

「就是沒遇過才會這樣啊，而且他們根本不信！」小蛙深吸了一口氣，「我是很喜歡都市傳說啦，他挑戰是他的事，但扯到我們就是不行！」

同事們交換眼神，以爲他說的是蔡志友的車禍事件。

但是，那個好像就單純車禍？可小蛙一直認定跟都市傳說有關。

「你還是小心點，你們社團不是說可能有人因爲討厭社團，會攻擊你們？」女孩關心的陪他出去，「你不要在那邊耍酷啊！」

「知道！」他拉開玻璃門，一邊打電話報備。

是爲什麼要打給童子軍啊？要打他也比較想要打給女生啊，簡子芸或是汪聿芃都……外星女也是女的，他沒關係。

打給男生報備就是很奇怪！

「喂，下班。」一接通他連客套話都懶得說，「康晉翊他們回去了嗎？」

『……』童胤恒還沒反應過來咧，『回去了，直接送到家的。』

「實在太明目張膽了，直接就在公共場所揍人！」小蛙邊說邊掄起拳頭，

「我要是在噢……」

『你快點回家少廢話，都幾點了！』童胤恒喃喃唸著，『入家門別忘了還要再給我一通電話。』

「噁心！」小蛙邊說邊竄起雞皮疙瘩，爲什麼他回家要打給一個男的啦！

跨上機車離去，剛剛在更衣時看了趙文凱的直播，他的直播實在很夯耶，觀看人數越來越多，看起來也沒什麼異狀，不過場地越來越奇怪，今天周遭有什麼幾乎都看不清楚了。

而且可能爲了點閱率，燈也不開，也可能他的新地點的鏡子沒有附燈，所以直接點蠟燭，是在玩血腥瑪麗嗎？

這簡直比血腥瑪麗還扯，好歹請妹出來還可以許個願望，這個是白痴問自己是誰，再把人格抹掉？到底在搞三小啊？

下午聽到阿風跟小綠這對情侶居然尾隨康晉翊他們到醫院去下手，招招往死裡打，他就覺得一肚子火……也覺得情況是不是失控了？

到底趙文凱那票黑粉有幾個？萬一每個都成天對鏡子問「你是誰」那該怎麼辦？

只要有十個人，就足以讓他們每天活在恐懼中了。

中途去買宵夜，順道抽空看訊息，簡子芸又開了一個新群組把二社幹部都拉進來了，大家互相報著平安，而且他們還排班，打算明天去接康晉翊跟簡子芸上學，盡可能不要落單。

他對二社的人進來是沒什麼意見，反正大家都是喜歡都市傳說的人，像鄧明軒經營二社也快一年了，在康晉翊刻意隔離的前提下，還能這麼努力經營二社也算認真。

雖然都是因為有事件發生這些人才趨之若鶩，但喜歡就是喜歡，跟風也是人之常情，他並不介意；嫌社辦太小，就再跟學校申請下學期換大一點的好了，如果真的擔心像多年前社團崩盤的事發生，就一樣以核心幹部為主便是。

「同學，你的七十元喔！」老闆裝袋，小蛙拿了食物離開。

剛問了蔡志友的狀況，那傢伙還是沒醒……唉，他有家人看著還好，不然如果趙文凱想跑去徹底解決他怎麼辦？

「到底是什麼樣的神經病啊？討厭都市傳說就不要看就好了啊，又沒人逼他！幹！」

一路上低咒著，小蛙每天想起這個就有火，而且那些人很厲害嘛，先挑手無縛雞之力的人下手，康晉翊跟簡子芸那兩咖，閃躲勉強，攻擊怎麼可能贏啦！

手機震動了無數次，他在騎車沒辦法接，想也知道是童子軍，因爲他繞去買宵夜時間晚了，所以打電話確認他的安危。

唉，還是覺得妹子打來關心，他個人會比較窩心些。

終於到了宿舍樓下，車子停好，安全帽才掛妥，手機又震動了，他不耐煩的扯著嘴角，抽起手機瞥了眼，果然是童子軍。

「到到到到到到！」他連珠炮般的說著，「我就去買個宵夜！」

『講一下會死嗎？』童胤恒不爽的回應，『就擔心你出事好嗎？』

「擔心個屁啦！他們有本事就來！」小蛙拎起掛在前頭的宵夜，「我要上樓了！沒事！掰。」

童胤恒都來不及說聲晚安，小蛙逕自把電話掛上。

三步併作兩步的跑上三樓，他住的也是一條長廊式的學生租屋，因爲怕吵所以住得比較尾端，深更半夜的放輕腳步，他只是衝動些，但還是很有分寸的。

還沒到廊尾，他斜對面的房間突然打開，走出了戴著帽兜與口罩的男人……那裝扮讓小蛙警覺的天線豎起，直覺想起汪聿芃在公園受攻擊的形容。

沙……身後傳來腳步聲，小蛙回首一看，有兩個類似穿著的人竟走向他，三個人手上都拿著鐵條。

不規則的形狀，像是路邊哪兒撿的鋼筋，或是破舊門窗上的鐵條。

「我斜對面是阿雄，你賣鬧！」小蛙皺起眉，「在都是住戶的地方打架嗎？」可別告訴他，他這整層樓友全部都玩了「你是誰」！

來人沒有吭聲，掄起鐵條直接衝過來了！

小蛙不是什麼練家子，也不會防身術柔道或是跆拳，但是他很會打架，這是無庸置疑的！

迎面扔出手上熱騰騰的滷味，轉過身用身上斜背包試圖擋住身後的攻勢，但一人難敵三人，前後包夾之下小蛙難以閃避，一路退到最後面的廊底，更加沒有空間施展，背包都拿起來甩動擊退來人，以求殺出一個空隙，後方卻有根鐵條趁隙狠狠的砸上他的頭！

動作力道之快狠準，正如康晉翊所言，他們是往死裡打的！

瞬間小蛙眼前一黑，覺得腦袋嗡嗡作響，他試圖想站穩卻根本沒有方向感與重心，還得撐著牆才沒有直接狼狽倒地。

「都市傳說社根本不該存在。」低沉的聲音傳來，「因爲都市傳說不存在！」

小蛙說不出話，只感覺他們步步逼近……該死的，他該不會就這樣掛在這裡吧？

唰啦！「幾點了在吵什麼……」開門的樓友一愣，不敢相信眼前所見。

「快點動手！」低沉的聲音下著令，三個人高舉起鐵棒，打算一人一記了結了小蛙！

但有人衝上樓，冷不防的往前將安全帽丟向了帽兜人！

「殺人啦！快報警！殺人！」女孩的聲音尖銳喊著！

施立紋在前，童胤恒跟著衝上來，他筆直的衝向那幾個人，他非得要看看對方是何方神聖！

「走！」帽兜人們立刻想突圍離開，與童胤恒面對面的對衝，走廊不到一公尺寬，對方仗著有凶器便朝著童胤恒又揮又刺。

但他也不是傻子，其他人都傷成這樣了，他怎麼可能什麼都沒準備的就來！右手腕還拿著另一頂安全帽，扣著安全帽就擋、就撞，甚至大手一揮正中其中一個人的頭！

無論如何，他得把這三個人扣下……啪！

整層樓陡然一暗，居然斷電了！

「什麼？」童胤恒慌亂得措手不及，肚子猛然被尖銳物一戳，痛得他跪地。

腳步聲從他身邊奔走時，還不忘回首踹了他一腳，把他往前踹滑了幾公分遠。

「啊——呀——」施立紋的聲音尖叫著，但明顯的聽見紛亂的腳步聲下了樓。

「可惡……小蛙！說話！」童胤恒大喊著，卻沒得到任何回應，「小蛙……報警了沒？」

「報了！」就近房裡傳來恐懼的叫聲。

肚子遭受重擊的童胤恒吃力的扶著牆起身，咬牙忍痛拿出手機前，就有燈光亮起，施立紋已經先叫出手電筒了。

童胤恒轉回身，走廊上只剩發抖的施立紋，其他住戶倒是聰明沒出來，他扶著牆往前，彎著的腰再再顯示了腹部的疼痛。

「妳去照看小蛙……」童胤恒咬牙轉下樓，他要追上去看看能發現什麼！

扶著樓梯握把在黑暗中步下樓梯，幾次差點滑倒，這視線加上腹部的疼實在令人難捱，但他真的沒想到對方這麼聰明，跑來攻擊小蛙時，還會留個內應！

最可怕的是，樓上三個，另有內應，這已經扣掉了阿風跟小綠，至少還有四個人啊！

不要告訴他停電是偶然，他才不相信這種鳥事！

「呼呼……」才三樓怎麼這麼遠啦！

快走到一樓時，燈光突然亮起，他甚至聽見了啪啪啪的開關聲，這是有人在扳動電源開關的聲音！

從二樓急速步下，看見熟悉的身影正扳動最後一個開關。

「有人把它關掉了。」

汪聿芃看著他，然後打開最後一個開關。

童胤恒突然止步，沒有再往下，站在一樓半的平台望著她——為什麼她會在這裡？

「妳怎麼會……知道這裡？」童胤恒謹慎的問著。

「小蛙住的地方大家都知道啊。」汪聿芃聳了聳肩，「社員聯絡資料不是都有。」

他瞥了眼敞開的大門，「剛剛有幾個人跑出去妳有看見嗎？」

汪聿芃將電箱蓋蓋上，點了點頭，「有，三個人吧，他們衝出來時還跌倒，再繼續往前跑……我進來就發現黑七抹烏的。」

童胤恒留意到她手上的手機，果然是開著手電筒的。

樓梯間的牆上黏了許多面廣告鏡子，不是修馬桶就是徵信社，汪聿芃明顯的往右邊挪了點，又在看鏡子裡的自己。

「妳只有看到三個人嗎？」童胤恒緩步下樓。

「嗯。」她眨了眨眼，「你受傷了嗎？」

趕緊趨前上樓，但童胤恒卻下意識的後退……糟糕，他不再信任汪聿芃了！

「我沒事。」他刻意閃躲了她的安撫。

汪聿芃有些錯愕，伸出的手停在半空中，樓上傳來騷動與兵荒馬亂的聲音，遠方警笛聲亦由遠而近。

童胤恒痛苦的蹲下，乾脆直接坐在階梯上，緊擰著眉看著也挨著他坐下的汪聿芃。

「妳爲什麼會來這裡？」

「你不是也來了嗎？」她歪著頭。

「我是因爲擔心小蛙，他接電話時我已經到了，原本都要離開了，但就是覺得不安，想上去看看。」他覺得這次都市傳說頻繁發生，卻什麼聲音都沒有，這太詭異了。

再加上如果阿風他們已經開始下手，又怎麼會輕易放過其他人呢？目前就他跟小蛙安然無恙啊！

「童子軍！童子軍……小蛙一直在流血！」三樓的女孩抓著欄杆往下喊，一

邊喊一邊跑下來……「汪聿芃？」

「警車快到了！妳們不要動他！」童胤恒喉頭緊窒的說著。

汪聿芃看著施立紋，「那施立紋爲什麼也來了？」

「她住這裡，不然我怎麼進來的！」童胤恒摀著腹部，認眞的看向汪聿芃，「妳呢？」

「我擔心小蛙。」汪聿芃平靜的面容沒有一絲表情，連聲調也都是平的。

這口吻實在太不誠懇了！原本童胤恒還想再問什麼，但是警笛聲蓋過了一切，車子已到門口。童胤恒要她們下樓不要擋路，所以他們三個下樓後站到了牆邊，讓警方與救護車匆匆上樓。

五秒後走進章警官，他一見到童胤恒便瞠大雙眼，下一秒揪緊眉心，無聲的：爲什麼又是你們？這幾個字飄進了他們的腦海裡。

揪著緊張的心情，聽著樓上的紛亂，一個女孩疑惑的走了進來，施立紋立刻上前。

「童子軍？汪聿芃？」謝原芬錯愕不已，「這是怎麼回事？妳出事了嗎？施立紋？」

「是小蛙！」施立紋緊張的說著。

原來施立紋跟謝原芬一起分租啊，汪聿芃看著她們，眼神又轉為深沉。

「小蛙？爲什麼是小蛙？」謝原芬倒抽一口氣，「天哪！眞的完全針對一社的人……我剛剛才去副社那邊！」

「妳去簡子芸那邊做什麼？」童胤恒立即發問，這都幾點了？

「買點吃的給她，我想說要吃藥肚子裡墊點東西好，放心，她醒著，所以我沒吵到她。」謝原芬認眞的說，「是她樓友出來拿的，而且沒有發燒，一切都好。」

童胤恒心裡略鬆了口氣，升起一股暖意，「眞謝謝妳們，太貼心了。」

「大家都是朋友，而且又同社團的，現在當然要團結一致對外啊。」謝原芬雙手握拳，非常有信心，「我先上樓放東西……應該不會礙到吧。」

「妳們都回去吧，我跟汪聿芃等等就走了。」童胤恒催促著。

「可是小蛙？」謝原芬皺眉。

「我們在。」童胤恒安撫著，「明天簡子芸還得麻煩妳們，快回去吧！」

謝原芬跟施立紋都相當掙扎，但幾經勸說，還是上了樓。她們住在四樓，很巧合的跟小蛙同一棟。這兒離學校近，因屋齡老所以房租便宜，對不在乎的人來說是黃金地段。

小蛙被抬下來時已經做了緊急處理，昏迷不醒，擔架從他們眼前掠過，童胤恒的腹部已經不感到痛了。

「我有問題要問妳。」童胤恒冷不防的開口了。

「我？」

「妳老實跟我說，妳是不是挑戰了『妳是誰』？」

「……」

汪聿芃兩眼發直的望向前方，像出神一樣沒有立即回答童胤恒的問題，童胤恒不解的循著她的視線往前，她竟看著正對面的鏡子！

一骨碌擋到她的面前，童胤恒不可思議的握住她的雙肩。

「汪聿芃！妳是不是挑戰了『妳是誰』？」

汪聿芃僵硬的抬頭，宛如娃娃般的緩速，她略帶空洞的眼神抬首望著他，微微一笑。

「沒有。」

第十一章

疑心

騙子！童胤恒心底直覺的吶喊，他發現他無法相信汪聿芃所言！

太多詭異的巧合讓他不安，而且汪聿芃這幾天反應都太像正常人，這就是異常！她本來就不多話，可是眼神變得更怪異，總是在思考或算計什麼似的，康晉翊他們遇襲時，也完全不若平日的緊張。

小蛙的事情更誇張，她爲什麼那個時間會在那裡？她不是那種會想到該去小蛙住處的人啊！

「童子軍！喂！」猛然被人推了一下，童胤恒驚嚇得轉頭。

陳偉倫就坐他隔壁，手上拿著筆記本，很狐疑的瞅著他，「你幹嘛？失神失神的！」

童胤恒接過筆記，最近上課無法專心，有時又缺課，只能依靠同學了，「謝了。」

「我聽說了，外送那個也被攻擊了，腦震盪耶！」他嘶了一聲，「我說你們社團是惹到誰了啊？」

「惹到……」童胤恒又不知道該怎麼說，「大概惹到都市傳說了吧。」

「……噢，那聽起來好像似乎是有點麻煩。」陳偉倫不知道該接什麼，「我有聽說那個都市傳說挑戰者也怪怪的。」

童胤恒瞟了他一眼，沒有證據，他也不好就說一切都是趙文凱。

而且，從小蛙的事件看來，就算加上趙文凱，至少還有另外四個人也是「你是誰」的信徒啊！

「現在大家就只能自求多福，不知道什麼時候會出事。」童胤恒揉揉眉心，疲憊寫在臉上。

昨晚攻擊小蛙的人中，有一個是從他斜對門的鄰居房裡出來的，叫阿雄的男生被打暈在房內，所以對方知道小蛙住那裡，才會對他樓友下手。不過某方面來說，這樣的人格倒也非常分明，他們的目標是殲滅「都市傳說社」，對其他人倒也不會下重手。

阿雄眞的被打暈，一點皮肉傷跟輕微腦震盪，醒來後就沒事了，卻也不記得對方的模樣。

四個人啊，前後包夾，埋伏在小蛙家樓下，等待他回來甚至打電話報平安後，才尾隨上去，再多留一個在樓下留守。

科學驗證社，有幾個人呢？

「我說眞的，我每天都有看他的直播耶。」陳偉倫誠懇的說，「我看不出來有什麼不一樣！」

「是啊，完全看不出來。」童胤恒也有看，每天如被制約般按時收看，看著那個人對鏡子重複著制式的話語，沒有任何異常。

看得出來的那個人他無法問，因爲他害怕，怕自己的疑心、又怕她眞的已經不是認識的汪聿芃。

「你也要小心啊，注意不要被攻擊了，警察眞的都抓不到嗎？」陳偉倫覺得莫名其妙，「就學校而已，很難抓嗎？」

「就因爲學校才難抓啊，全都是學生，我們學校幾千個人！服裝也是普通的，而且該遮的都遮掉，老實說，轉個彎脫掉外套，誰知道他們剛打了人！」童胤恒早就思考過這了，「而且我們附近也不是監視器密集的地方。」

「果然很麻煩……那個在挑戰都市傳說的，已經二十天了耶！」陳偉倫忽地湊近，「所以他到底有沒有遇到都市傳說？」

童胤恒睨了他一眼，「如果有，他也不會承認。」

正確來說，趙文凱自己只怕也不會知道，他一心一意繼續厭惡著都市傳說啊，僅存的人格只剩殘虐與毀滅，卻也只記得他不信都市傳說、他要毀掉「都市傳說社」。

「心機好重，居然是黑粉……這不是鬧了，是心理有病吧！」陳偉倫搖了搖

頭，「現在網路上吵成一片你知道嗎？尤其受傷的事層出不窮，又有人說你們在自導自演。」

「我們現在已經無力去管網路上的留言了。」童胤恒火速的翻著筆記裡的內容，「我明天還你好不好？」

「好，下午的共同課再給我就好。」陳偉倫倒也大方，「你要是都市傳說社待不下去，你知道籃球社永遠爲你敞開。」

「謝謝喔！」童胤恒沒好氣的翻了白眼，他好像也說過很多次了，從以前就是籃球校隊的他，已經膩了。

他又不走職業籃球，青春有限，他想選他有興趣的事……例如，都市傳說。

縱使發生這麼多事，他還是很喜歡都市傳說，現在同學受到莫名攻擊，「你是誰」的都市傳說發生來源又模糊不清，他也非常非常想知道這個都市傳說到底是什麼，每一次看到鏡子時、看著自己時，多想脫口而出「你是誰」。

但是都市傳說是一種傳說，可以喜歡、可以體會，但是挑戰這種事根本是蠢蛋才會做的事！

所以，汪聿芃，妳是不是已經直接這麼做了？

「童子軍！」門口有人揮手，「二社護衛大隊已抵達」，王冠宏在那兒喊著，今天他跟鄧明軒一組。

「好！馬上來！」童胤恒趕緊收拾桌上的東西，陳偉倫倒是看得一愣一愣。

「那個是？」

「護衛隊，今天這梯次是二社的正副社長，我夠大牌吧！」童胤恒還有空打趣，「因為現在受攻擊的都是一社的人，因此二社負責保護我們移動，甚至還有送宵夜服務。」

「哇……」陳偉倫哇了一聲，「可是這樣不是很奇怪嗎？」

童胤恒尷尬笑著，「是有點，但人家的熱心也不好拒絕……加上小蛙的事件後，我真的覺得如果有人陪小蛙回家或許就不一樣了。」

陳偉倫哦了聲，起身拍拍童胤恒，學校連續攻擊的事的確搞得人心惶惶，但因為目標集中在「都市傳說社」，所以其他人也是看熱鬧的多。

童胤恒真的在二社的護衛下離開，其實大家也只是移動去吃飯而已，中午真的人山人海，沒必要護送，只是盛情難卻，而且二社的社員也都不放心，整個二社四十幾人，班表都列好了咧。

「謝原芬她們去保護汪聿芃嗎？」童胤恒不安的問。

「對，汪聿芃在文學樓，已經接到了。」鄧明軒不停的查看手機，「小蛙那

邊有另外的社員看顧，他吵著要離開，醫生說得再觀察一下。」

「可以這麼快出院嗎？」童胤恒不禁皺眉，「他當場就暈過去了耶！」

「但是就……沒什麼大礙吧。」鄧明軒笑了笑，「哎呀，真的不行的話，醫護人員不會讓他離開的。」

說得也是。

「童子軍有看昨天直播嗎？我覺得趙文凱聲音變了耶！」鄧明軒積極的問著，「眼神也變得怪怪的。」

「聲音？」提到他可能擅長的事，童胤恒格外留意，「我也有看，但我沒注意到。」

「趙文凱說話尾音都有點上揚，像嗆人那樣。」鄧明軒清了清喉嚨，開始模仿，「你是誰？你是……誰，有沒有？講到後面會像要打架那樣！」

「對啊對啊，昨天聽起來變得很沉穩，每個音都是往下的。」王冠宏附和，「而且我盯著鏡子看啊，我覺得他倒映在鏡子裡的眼神看起來很厭世。」

他沒聽出來。

童胤恒回想著昨晚的直播，或許那時他也沒心情聽吧，剛把小蛙送到醫院，簡單做完筆錄，滿腦子只剩：「汪聿芃為什麼在現場？」

今天中午大家決定吃豐盛些，所以約在一間義大利麵店，算是學校附近的高級餐廳了，因爲人數夠所以還訂了小包廂，他們現在到哪兒都是焦點，包廂變得很重要。

除了二社的主要幹部外，自然還有康晉翊等人，童胤恒這批已經是最後一個抵達的了，他赫然發現小蛙居然也在！

「你可以出院了嗎？」他吃驚的走入，「不會是逃出來的吧？」

「沒事，又沒內出血也沒想吐，就只是被打暈而已。」小蛙一臉不爽到極點的模樣，耳後一點皮肉傷，紗布貼著，「我離開前去看了蔡志友，馬的還是不醒。」

「會醒的。」簡子芸極具信心的說著，「先點東西吃吧，我們來討論重要的事情。」

一個空位就留在汪聿芃旁，童胤恒遲疑著，她剛好轉過頭來。

「坐啊。」

硬坐到別的地方太顯刻意，童胤恒還是坐了下來。

火速點餐時，其他人的餐陸續送上，討論的都是趙文凱的事，還有小蛙說著前晚發生的狀況，謝原芬跟施立紋嚇得不輕，她們也說明明住在同一棟樓，可以

護衛小蛙回家的，偏偏小蛙就不要。

「所以我們想來討論一下，汪聿芃提的建議。」

當餐點全數送上，康晉翊請服務人員關上包廂霧玻璃門後，語出驚人。

鏘！手裡的叉子直接滑出指尖，摔在自個兒的青醬蛤蜊麵上，坐在長桌左側末端的童胤恒瞠目結舌。

對面的施立紋竊笑著，沒想到童子軍表情這麼誇張啊！

「什麼提議？」鄧明軒不解。

「前提是有一票已經被都市傳說抹煞人格的人，執著的想要讓都市傳說社消失。」康晉翊看著汪聿芃，「既然他們想要我們，就給他們吧。」

鄧明軒不解的看向康晉翊，再望向對面的汪聿芃，她正忙著吃斜管麵，這時就像素日裡的她。

「拿我們當餌吧，也省得他們忙碌。」簡子芸嘆了口氣，「汪聿芃，妳那天既然提了，有明確的想法嗎？」

「有。」汪聿芃忙碌的嚼著麵，「等我一下。」

說完，她開始剝蝦子。

小蛙不耐煩得都要拍桌了，簡子芸趕緊打暗號，又不是不知道汪聿芃的個性！對她來說，現在把蝦子剝好是最重要的事啊！

「這辦法其實不錯。」鄧明軒認眞的思考後開口，「如果能逮到現行犯，這樣就可以光明正大的抓到他們了，警方也不必愁什麼沒證據！」

「對啊，我超想知道他們爲什麼變成這樣！」謝原芬也答腔，「主人格都不會掙扎的想出來嗎？照理說應該是共存的，爲什麼會是殘虐這個在主導？」

康晉翊喝了口水，沉重的放下杯子，「可能，我猜啦……或許是都市傳說刻意爲之，也或許那些人心底就是渴望做這件事。」

「啊是沒別的事好做了嗎？」小蛙簡直不敢相信，「蠢到挑戰都市傳說，然後心裡最深的願望是把我們都殺了？」

「應該不是想著殺人，是想著把都市傳說社都滅掉！」鄧明軒還是比較理智，「我倒覺得這不難理解，因爲他們在問自己『你是誰』時，心裡就是抱持著這個都市傳說不存在的心態吧！」

嗯？捲著麵的童胤恒突然一愣，爲什麼他聽見了有點違和的論調？

「等等，既然這些人都是黑粉，那他們爲什麼會去挑戰都市傳說呢？」童胤恒提出了疑慮，「這太詭異了。」

「就因爲他們不信啊！」康晉翊倒不覺得這有什麼好奇怪的，「趙文凱不正

是如此！他們不信、他們試驗，所以才有把柄在三十天結束後，說根本沒有都市傳說這個東西！」

他身邊的簡子芸疑惑的看著童胤恒，似乎也覺得哪邊怪怪的。

「可是公開直播的只有趙文凱一個……他刻意拿汪聿芃的集點卡當藉口。」簡子芸哎了聲，「其他人應該沒有吧？他們也不需要這麼做，又不直播，也沒人知道他們挑戰……這是何用意？」

「對，就是這樣！那天阿風情侶檔在森之家時，不是還跟趙文凱起過爭執！當然那時我們不知道他們也是黑粉之一——」王冠宏開始覺得越來越莫名其妙，「那天阿風他們也好好的。」

「他們不是黑粉喔！」小蛙敲了兩下瓷盤，他已經淅瀝嘩嚕的吃光了，「蔡志友之前跟我說過，他們只是科學驗證社的，不到黑粉的地步。」

大家不約而同的瞪向他，這樣不是更怪了嗎？

「就算是黑粉也沒有必要這樣……親身挑戰吧？」施立紋咬著唇，也覺得有道理，「沒人注目，就沒有藉口？」

童胤恒立即往長桌末端看去，豎起個讚。

二社的人面面相覷，尷尬的思考，鄧明軒深吸了一口氣，「這樣說，有什麼動機讓他們想要問『你是誰』？」

「啾！」吸著手指的女孩滿足的微笑，「新世界吧。」

拿起眼前的紙巾擦手，整室的目光再次回到汪聿芃身上。

「趙文凱那天對阿風勸說，叫他們也回去問『你是誰』，說會看到嶄新的世界。」童胤恒記得每一句對話，「阿風當時還笑他走火入魔。」

「我也聽過……」康晉翊緊皺眉心，「那天阿風打我時，也講過類似的話。」

雖然阿風是說，他沒資格看新世界。

「鏡子裡會有什麼新世界？」鄧明軒邊說，一邊搓著手臂，「這聽起來很怪啊，難道說對著鏡子問你是誰，裡面是不同景色醬子？」

「厚！」王冠宏也打了個寒顫，「越說越毛！」

「搞不好鏡子的自己還會回答你咧！」施立紋轉著眼珠子，打趣的笑著。

……不過一屋子的人笑不太出來，旁邊的謝原芬皺眉，嚥下嘴裡那口燉飯時感覺很痛苦。

「我可不想被回答。」鄧明軒連話都變虛了。

「說不定會喔！不然為什麼要一直問你是誰？問心酸的嗎？」汪聿芃聳了聳肩，「搞不好是為了想看看什麼叫新世界，所以其他人就試試看，我覺得不是挑

戰，是好奇心驅使的嘗試。」

童胤恒瞬間理會她的意思，「對，試看看而已，又不會少塊肉！『你是誰』要整整三十天不是嗎？所以如果只是試個一、兩天？」

「結果卻立刻就有反應了!?我的天哪……對啊！這根本不需要三十天就啓動了！」康晉翊激動擊上桌面，「這可是都市傳說！只要開始問的第一句話，就是都市傳說了啊！」

「所以三十天是指全人格消滅嗎？」小蛙口吻帶著點讚嘆，「這還蠻厲害的耶，徹底消失，那個什麼蛋塔崩壞。」

「格式塔崩壞。」簡子芸有點無奈的更正。

「聽起來好像陷阱啊……所以？」謝原芬抬首，「那些人只是好奇而去試試看，然後？一路錯下去？」

「可能像催眠吧，只要問過一次，就覺得隔天應該要繼續。」王冠宏邊說邊緩緩點頭，「所以只要好奇的人就……」

「這也奇了，那為什麼都是討厭都市傳說的人啊？」小蛙腳都快翹到桌上了，「怎麼沒有一兩個是也是喜歡都市傳說的人咧？」

「因為他一直鼓吹吧！在森之家時他就鼓勵阿風他們去試了，說不定一票人都被他拼命慫恿。」童胤恒下意識瞥了汪聿芃一眼，「喜歡或討厭都市傳說的人，心裡都會在意這個都市傳說，會想去嘗試的……對吧？」

那句「對吧？」，他是對著汪聿芃說的。

她似乎知道他的意思，從容向左轉來，微笑頷首，「對啊！喜歡跟討厭的心情是一樣，都是在意，所以他們都有可能去嘗試。」

沒有人發現童胤恒的刻意行徑，康晉翊只是繼續接口，「這樣範圍太大了，我們不知道趙文凱到底認識哪些人！阿風那對也是因為在森之家打架才知道。」

「唯一知道的人現在躺在病床上！幹！那個阿德應該也是吧？科學驗證社都可以問一下吧？」小蛙嘶了聲，「這就是他們讓他出車禍的原因？」

「蔡志友出車禍是人為的？」施立紋嚇了一跳。

簡子芸用腳踢了小蛙一下，有的事不能說，又沒證據。

「先不急，情況真的太糟了，我們莫名其妙變成目標，大家幾乎都有騎車，誰能再經受一次蔡志友的事？」康晉翊認真的看向汪聿芃，「請問蝦子剝好了吧？」

「嗯。」汪聿芃還很認真的點頭，「我的想法就剛剛你們說的啊，我們是餌，讓他們過來找我們，然後全部逮著，直接現行犯！」

簡短計畫說起來超簡單啊，但一桌的人眉頭都皺得死緊……這好像沒那麼容易吧？

「妳知道現行犯的定義嗎？」鄧明軒禮貌的問，外星女不是浪得虛名，以前就有名了。

「汪聿芃，要有行爲才叫現行犯。」簡子芸虛弱的說著，「妳知道……」

「當然就要讓他們有行爲啊。」她回得理所當然，「我們五個人，加上二社至少四個人，至少九個人，應該不怕吧？」

「二社不只我們！」鄧明軒立刻抬頭挺胸。

「……」康晉翊嘆了口，「這不是怕不怕的問題，我們尚不知有多少人……而且這是打算就讓他們打嗎？」

汪聿芃點了頭。

她就是這個意思。

童胤恒略深呼吸，「誘騙他們出來攻擊我們，而且要集體，所以我們必須製造一個群聚的機會，誘使他們一起出動。」

汪聿芃倏地看向他，眼裡閃爍著讚美。

但是，童胤恒打從心底高興不起來，若是平常他會覺得理解這傢伙的想法輕而易舉，現在……他卻嚴重懷疑她這個建議，背後是不是有危險的陷阱。

「我不想再被打了……」簡子芸難掩恐懼，「很痛……」

「我們在啊！副社長！」謝原芬喊話打氣，「除了我們四個，還有其他幹部……只要藏好，沒問題的。」

小蛙雙手抱胸思忖著，打架他還蠻拿手的，幸好這次也只有輕傷，不過……

「人多的地方他們不會下手……不是怕被抓，是怕被阻止。」

阿風跟小綠便是明顯的例子，聽說進了警局後是歇斯底里、泣不成聲，堅持自己不知道發生什麼事，口口聲聲說是別人幹的，但問他們是誰做的，卻說不出所以然。

「所以我們來開會吧！一個只有特殊幹部的會議。」汪聿芃看來是早就盤算好了，「人不能多又要隱密，就選半夜在社辦開會吧！」

「半夜？」好幾個人倒抽一口氣。

「對，越晚越好，事先也請旁邊兩個社團的人離開。」汪聿芃說得斬釘截鐵。

「可是……」鄧明軒嚥了口口水，「這樣好刻意喔，他們會上當嗎？」

汪聿芃卻劃著愉悅的笑容，正首看著對面二社的社員們，「所以要逼他們來啊！我們可以說快找到趙文凱了，或是要討論怎麼反擊、證實趙文凱已經是都市

傳說等等，管他們什麼理由！」

「……有這麼容易嗎？」簡子芸蹙眉深思，「會議公告容易，社團發文就好，但妳剛剛說讓他們緊張而出動？該怎麼讓他們知道？」

「不是有科學驗證社嗎？」小蛙出了聲，「蔡志友去過科學驗證社，那個阿德也是趙文凱的朋友吧？我不信科學驗證社乾乾淨淨，裡面一定有人！」

康晉翊恍然大悟，對，科學驗證社絕對知道不少！

鄧明軒呆呆的看著他們，然後啊了一聲，「我懂了！我懂了！我們直接去科學驗證社問人，在吵架中說出線索！」

「這個可以再討論，但就是這樣……也認眞問一下，科學驗證社裡絕對有知情者……」康晉翊沉吟了幾秒，「甚至有參與者。」

「深夜無人的鐵皮屋，社辦外那時也不會有人，如果趙文凱他們要下手就是個好機會，然後大家得挨點皮肉痛，才能逮到現行犯。」王冠宏望著康晉翊他們，「就是你們要辛苦些了。」

「章警官那邊就交給我吧。」汪聿芃自信的接口，「我負責聯繫。」

大家開始討論究竟該怎麼做，簡子芸叫大家放低音量，別忘了隔牆有耳，現在哪些是正常人哪些不是，根本無從分辨。

汪聿芃再次吃著自己的麵，她一臉胸有成竹，童胤恒卻覺得心慌意亂。

「確定要這麼做嗎？」童胤恒驀地出聲，大大挫了士氣。

「這個辦法不錯啊，你想繼續在都市傳說的威脅下生活嗎？我可不想連上廁所都要人陪了！」康晋翊不解的望著他。

「但這也有風險，只要一點點差錯……或是他們不上當呢？洩露風聲時被察覺有誤……」童胤恒舉著一些反例，其實他想說的都不是這個。

「所以要反覆推演，迅速但正確的思考。」簡子芸不解的望著他，「你怎麼了？童子軍，平常你不會這樣啊！汪聿芃的思考邏輯跟我們不同，但每次都能想出不錯的辦法，你不是都很支持她嗎？」

汪聿芃捲麵的動作停了，但是她沒轉過頭來，只是盯著自己的麵。

「我這次……不太安心。」他把「我不信她」這四個字替換掉了，「稍有不慎，我怕滿盤皆輸。」

「不會的！」汪聿芃這時卻突然抬頭，看向的卻是其他人，「我有自信，可以完美的解決這件事！」

「妳的完美跟我想的會不會不一樣？」小蛙打趣的說，「妳腦子什麼構造啊，為什麼動這麼快？」

「嘻！」汪聿芃自在的搖著指頭，「我外星女嘛！」

咦？童胤恒僵了手，她剛剛說什麼？

她什麼時候知道自己是外星女的？從以前到現在，每次蔡志友或是小蛙說她是外星女時，她總是問到底在說誰！無論是刻意還是眞的不知道，什麼時候這麼坦然了？

「這裡也不是談話的地方，我們再回社辦討論吧。」簡子芸打斷大家的熱烈，「吃飯先，誰下午第一節有課，剩沒多久了喔！」

「嗄？我耶！糟糕！」

「我也是！」

有人囫圇吞棗吃著，有人輕鬆寫意，但大家都很有默契不再繼續提這件事。

「這叫甕中捉鱉吧！」康晉翊淡淡的笑著，舉起的水杯卻是對著汪聿芃。

她笑著搖了搖頭，端起果汁喝了好大一口。

緊握著叉子的童胤恒緊繃著身體，冷汗涔涔，他第一次這麼渴望聽見都市傳說的聲音，爲什麼這次完全都聽不見!?

他覺得事態不妙，非常不妙……難道……

也要逼著他去問自己「你是誰」嗎？

午餐結束，有課的早就先閃人，其他人陸續離開，連工讀生都在偷看他們，或許是身上的傷，更多應該是最近不斷的事故。

「所以說，我如果對著鏡子裡問你是誰，會怎樣嗎？」

康晉翊才在洗手，身邊的工讀生好奇的問了。

「不要試好嗎！」康晉翊忍不住嚴厲的出聲，「都市傳說能拿來挑戰嗎？」

「可是那個直播都二十天了……」

「有學生被攻擊，網路上不是有報！」童胤恒接了口。

「但他們爲什麼無緣無故會攻擊你們？現在都是都市傳說社的人在受傷耶！」

工讀生很是機靈，「是不是跟那個挑戰有關？」

「不要問這麼多，不知道是幸福的。」康晉翊語重心長，「但也不要去嘗試，連試一次都不好。」

工讀生有點嚇到，「哎唷，你們這樣擺明就會出事啊！」

「知道還問。」童胤恒乾脆一句，打斷他的疑慮。

工讀生吐吐舌溜了出去，童胤恒望著洗手台前的大片鏡子，忍不住若有所思，如果就問一次，就一次……

「童子軍，你怎麼了？」康晉翊早就看出端倪，留意到廁所現在沒人，「你這幾天怪怪的。」

「怪怪的不是我。」童胤恒從鏡裡望著他，「你……」

到口的話他還是吞了進去，不知道爲什麼，他不想在未確定前就讓大家都懷疑汪聿芃。

「我知道這次很難捱，但還是要想辦法撐過，不然只怕下一次就會出人命了。」康晉翊拍拍他，「你這次什麼都沒聽見，不覺得很奇怪嗎？」

康晉翊說到他最在意之處，童胤恒扣緊了洗手台邊緣，「我就是不懂，我不是完全沒聽見，但次數少得可憐也沒什麼助益！」

「我總覺得是故意的。」

咦？童胤恒不可思議的看向康晉翊，「誰故意的？」

「幽靈船開始，他們好像就知道你聽得見對吧，上次收藏家刻意放月光給你聽不是嗎！」康晉翊用雙掌比出個圓，「如果，都市傳說也有一個世界？或是可以互通有無，像是大家閒聊：有個人聽得到我們耶！」

童胤恒很狠的抽了口氣，「康晉翊，你在說一個……很像是阿飄通知誰有陰陽眼的狀況？」

「對對對，差不多就是那樣！有沒有可能呢？」康晉翊雙手交握，自個兒扣得死緊，「我們永遠無法瞭解都市傳說，但如果我猜的是眞的，就很可怕了。」

「……故意讓我聽不到，然後隱瞞行蹤，所以他們可以跟蹤汪聿芃、下手攻擊你們……」童胤恒覺得喉頭緊窒。

「你是誰這個都市傳說一定有問題，只是對著鏡子就能抹掉主人格，誰知道現在控制身體的是誰？眞的是趙文凱殘存的那個討厭都市傳說的人格嗎？或是……」康晉翊挑了挑眉，盡在不言中。

或是，根本是某個都市傳說嗎？

緊握飽拳，那現在跟他們在一起的汪聿芃，又是誰？

「我想盡一切可能，速戰速決。」康晉翊拍了拍他，「你這兩天小心點，你還沒受到攻擊。」

掠過他身邊，康晉翊走出男廁，簡子芸在外頭通道上等著，皺眉不懂他們怎麼這麼久。

鄧明軒負責送康晉翊跟簡子芸離開，另外調了兩個有空的二社社員，準備送汪聿芃跟童胤恒去下一堂教室。

社員顯得很興奮，成爲護衛小組，有種更接近都市傳說的感覺。

包廂裡汪聿芃拿起包包，順道幫童胤恒也提了背包。

「汪聿芃，妳……」他接過包包時低語著。

「你要相信我。」汪聿芃截斷了他的話語，轉過身凝視著他，「相信我。」

望進汪聿芃的眼裡，童胤恒卻發現什麼都看不清。

外頭傳來腳步聲，霧玻璃門被推開，「學長姐，要走了嗎？」

「好！」汪聿芃用力點頭，逕自走了出去。

手機傳來訊息聲，童胤恒滑動解鎖查看著，緊擰眉心，看上去相當沉重。

「怎麼了嗎？」社員好奇的問，「好嚴肅喔！」

汪聿芃聞聲回頭，往他手機也探了過來。

「嗄？沒什麼。」童胤恒迅速關掉手機收起，「是老師通知要提早一週收報告。」

「嗄，那也太慘了吧！」

「怎麼可以這樣啦！」

汪聿芃也笑了起來，蹦跳著走在前頭，童胤恒凝視著她的背影，心亂如麻。

你要相信我。

第十二章

你要相信我

幾次推演後，行動疾速的展開，簡子芸在行動當天公告夜半特殊會議，時間訂在午夜，只有受邀的幹部可以參加；二社回報他們的確去找科學驗證社，想知道阿風還有哪些朋友，也詢問了那個叫阿德的資料，但科學驗證社社長及學藝反彈很激烈，最後甚至吵了起來。

鄧明軒沒有錯過放消息的機會，吵架中提到了有證據證明趙文凱涉嫌攻擊或殺害蘇蘇，更提到了他們即將利用這場挑戰，向世人證明都市傳說是千眞萬確的！

結果自然是不歡而散，兩個社團吵架的事很快就傳遍網路了，人手一機的時代，隨時都有人錄下上傳。

這天童胤恒跟小蛙都有打工，二社的人在下班前就在外面跟著了，汪聿芃負責警方的部分，康晉翊與簡子芸因爲有傷，所以就待在社辦負責聯繫，也盡可能的想找到新的想法。

十一點整，趙文凱的直播照常舉行。

他似乎又換了地方，依然刻意不點燈，只點一盞蠟燭的昏暗，對著鏡子一遍又一遍的問著：「你是誰？」

「會有人回答他嗎？」簡子芸坐在桌邊，望著筆電幽幽的問，「記得嗎？第

一次討論時，汪聿芃就問了這個問題。」

「記得。」一點鐘方向的康晉翊沉著聲。

「我在想，說不定眞的有什麼回答他了。」簡子芸按下暫停鍵，取下耳機，「不然這個都市傳說只是要讓人這樣問，未免太不合理。」

「……童子軍跟汪聿芃遇過血腥瑪麗，血腥瑪麗便是清楚的喊出她的名字……」康晉翊立刻開啓舊檔案夾，調出資料，「她會完成你一個願望，這是召喚。」

「如果你是誰也一樣呢？」簡子芸看著影片裡，對著鏡子的趙文凱，「他在這裡問你是誰，目的是讓某個人能回應他？」

康晉翊嚴肅的蹙眉，關掉了視窗，起身離開桌邊，往客廳區走去。

「妳知道沒有親身經歷過，我們什麼都不會知道，之前遇過的每一個，至少會在我們、或在其他人眼前發生，我們才能搞懂情況。」他站到了那尊假人模特兒面前，「否則再多臆測都是瞎子摸象。」

「親身……」簡子芸下意識的，瞄向桌上的小立鏡。

「現在體驗來不及了！別做蠢事！」康晉翊立即回首制止，「現在要做的，是祈禱汪聿芃的計畫能夠成功。」

「說到汪聿芃，她好像有點怪，她在軌道上又穩又快，讓我很吃驚。」簡子芸站起，「我本來說我要幫忙聯繫章警官，她直接說她來，因爲她還有神祕部署，但我問她是什麼，她又不說。」

「神祕部署？什麼時候的事？怎麼都沒提？」康晉翊現在才知道。

「下午的事，但她說我們知道又沒用，那是章警官該知道的。」簡子芸越想越不對勁，「我看我自己打給章警官好了。」

因爲汪聿芃的正常，就是不正常！

才拿起手機，便有人敲了門，「我是施立紋。」輕輕的推開門，施立紋探頭而入。

「眞準時！先坐吧！」康晉翊意識到十一點四十了，趕緊佈置凳子。

「宵夜！」人還沒到聲先到的小蛙，大腳一踹把半掩的門給踢開了，「我帶了Pizza來！」

「哇！」施立紋雙眼晶亮，趕緊上前接住，「耶！太好了！」

康晉翊有苦說不出，他往左後瞄向簡子芸，大家是不是忘記今天是來幹嘛的？可能等等會被攻擊，他還帶宵夜來啊！

簡子芸已經不住的笑起來，繞出書架一看，小蛙還帶了兩大個。

「先吃再說，也太香了吧！」她湊近茶几，打開兩盒熱騰騰的Pizza盒，「管他等會兒發生什麼事，沒吃到就後悔了。」

康晉翊也不住搖頭，聞到那香味啊，到底幾個人能抗拒呢？

這邊在大快朵頤，緊張的氣氛一掃而空，接著護衛隊也陸續抵達，一見到裡面歡樂的模樣都傻了。

「哇，Pizza！」鄧明軒直接衝到旁邊，拿起一片往嘴裡送。

「謝謝小蛙！」王冠宏跟著歡呼，「這什麼口味的？」

「海鮮跟總匯。」小蛙自然帶了最熱門的兩款，「快吃，先到先贏！」

「啊？留一點給還沒到的人嘛！」雖然是買大送大，但是康晉翊他自己都吃兩片了。

童胤恒啼笑皆非，現在是個什麼狀況？

「大家真輕鬆厚！」他邊說，選了海鮮的，「還有誰？怎麼還沒來？」

「謝原芬負責護送汪聿芃吧！不過她好像說要去警局的，這樣怎麼約？」康晉翊滿嘴是食物的嚼著。

「她如果真的跟警察在一起，就不必愁了吧！」小蛙這倒是中肯，他沒吃Pizza，自己買了雞排在旁邊啃。

餘音未落，門再度被推開，進來的是謝原芬。

又是一陣驚呼，哇！Pizza！都沒人在打招呼的啦，先吃宵夜再說。

童胤恒吮著手指，卻發現謝原芬剛把門帶上了，她後面該有的人咧？

「汪聿芃呢？」他上前問謝原芬。

「我們後來沒約，她說跟一個警官在一起，等等就來。」謝原芬歪著頭，

「跟警察在一起應該最安全吧！」

跟章警官在一起嗎？她到底在搞什麼鬼？回頭以瞪圓的眼問向康晉翊，他解釋自己也是十分鐘前才知道，汪聿芃有做什麼神祕部署。

「那個……不管今天能不能成功，我們都很感謝你們，感謝二社的成員，感謝整個都市傳說社的社員。」康晉翊突然感性發言，「我也承諾，這件事落幕後，我會擴大社團編制。」

簡子芸泛出淺笑，感受到善意的康晉翊，終於還是想跨出那一步了。

「哇！謝謝社長！」鄧明軒興奮的舉Pizza示意。

「我們幹部要先！要先！」王冠宏趕緊卡位。

謝原芬跟施立紋兩個互扣著手，在那兒又叫又跳。

簡子芸趕緊比了噓，夜深了，降低音量，而且這不是應該嚴肅的會議嗎，大

家太HIGH，等等趙文凱率眾來時會不會覺得有異？

「好！洗手！」謝原芬又狂塞了一片，「我先去洗手間，還沒開始對吧？」

鐵皮屋外就有一間洗手間，恰巧就在「都市傳說社」十一點鐘方向的斜對面，不大，男女廁各一間，本來就是因應給這裡三個社團的人使用而已。

「快去快回，要結伴！」康晉翊趕忙交代。

「施立紋！」住在一起的好姊妹打開門，緊張的往外左顧右盼，午夜的鐵皮屋眞的沒有人了，連外面也只開了一盞燈，昏暗得看不到正前方鐵皮屋外頭的地方。

女孩們跑過去，簡子芸有點不安心。

「我也去好了。」王冠宏說著，雖然他是男生，但總是跟著女孩子好。

小蛙神情已轉爲嚴肅，他知道歡樂的時間過了，等等就要面對應該會來的人們，他栽進沙發裡，鄧明軒正把Pizza盒關妥疊好，收拾整齊的擱到一邊。

社辦裡突然沒人說話，隱約的可以聽見外頭三公尺遠廁所裡傳來的嘻鬧聲，午夜的這一帶不會有人煙，因爲外頭馬路也沒店家，其他社團的人早已離開，只剩下他們。

爲了誘敵，刻意製造的空隙。

「十二點多了，汪聿芃為什麼還沒來？」童胤恒覺得不對勁，「傳訊未讀，我打了兩通電話都沒回我。」

「沒回應？」簡子芸揪緊衣角，「不該讓她落單的！」

「會嗎？可是她不是跟警察在一起？」鄧明軒立刻起身，「我去找她。」

「等等！」童胤恒連忙攔下，「我去！」

鄧明軒不由得皺眉，「童子軍，不是我要攔你，你是最不適合去的人耶……」

啊……童胤恒深呼吸一口氣，他是一社的人，只要趙文凱他們今天來，他自然是目標。

「可是，你們要怎麼找？又不知道她在哪裡？」

「謝原芬知道吧，他們本來有相約，我去問她。」鄧明軒非常嚴肅，「請你們待在這裡，我跟王冠宏去，等等讓謝原芬她們守著……狀況不對我會速戰速決。」

沒等康晉翊說話，鄧明軒便拉開門走了出去。

「王冠宏！我們去找汪聿芃，打給她！」他穩重的喊著，「謝原芬，妳進去陪社長他們。」

「好！」女孩的回音陣陣。

童胤恒往身邊一瞥就看到那半身肌肉紋理的模特兒，加上深夜的靜寂，讓他覺得更不妙。

「不覺得這樣是在分開我們嗎？趙文凱如果眞的要進來，我們……」

「啊不是本來就要讓他進來！」一雙腳跨在桌上的小蛙冷冷說著。

簡子芸直覺的往康晉翊邊躲，是啊，原本就是希望能誘使趙文凱那些人來，最好是動手打他們，然後抓個現行犯。

太安靜了。

童胤恒狐疑的望著門口，再望著同伴們，外面爲什麼會這麼安靜？

「謝原芬呢？施立紋？」都多久了爲什麼沒人進來？

「咦？」康晉翊這才想起來，去上廁所的女生也太久了吧！

小蛙瞬間坐直身子，警備的往外看，童胤恒謹愼的上前，朝小蛙使眼色，他手裡已經拿著備妥的鋁棒，就躲在門的另一邊——只要童胤恒拉開門，誰進來就K誰！

唰……唰……咦？童胤恒握著門把，卻無論如何都拉不開！

喀噠喀噠，他吃驚的看著手上的門把……他們被反鎖了！

「怎麼回事？喂！」小蛙也上前，握著那小小喇叭鎖，「幹！鎖住了！」

「這種陽春喇叭鎖怎麼反鎖啦!?」康晉翊也衝上前，但用力過猛卻是牽動傷口，「唔！」

童胤恒使勁拽著，抬頭看著木板牆，鐵皮屋的各間社辦牆壁都不是封死的，距離天花板均有很大的空間，這個高度，踩凳子就應該能出去……能……刺鼻味由外傳入，甚至伴隨著潑灑聲。

唰，唰……猛然一個撞擊，就來自他們的門板。

瓢潑水聲直接衝擊上門板，門後的童胤恒直覺後退兩步，刺鼻帶恐懼的氣味讓人心生不安，液體隨之從門縫下流進來了！

小蛙立即蹲下一探，臉色丕變！

「幹！汽油！」

「什麼？汽油！」康晉翊簡直不敢相信，他們想燒死他們嗎？「趙文凱！你瘋了嗎？你以爲不會有人發現嗎？警察就在附近！你無法得逞的。」

「都市傳說社今晚就會終結了！」門外的人得意的笑著，手上的汽油再繼續潑灑，嘩啦嘩啦的聲響令人毛骨悚然。

簡子芸幾分錯愕，剛剛那個聲音……「那不是趙文凱的聲音啊！」

那不是鄧明軒的聲音嗎!?

「快點，外面都要灑滿。」鄧明軒的聲音從最右邊演辯社那兒傳來，小蛙都傻了。

「這邊出入口再一桶！」謝原芬的聲音隨之而來，伴隨著奔跑聲。

「幹！幹幹幹！」小蛙抱著頭不可思議的瞪著眼前的門，「他們全都是……黑粉？」

康晉翊腦袋一片空白，二社是……他們自己成立的，當初是鄧明軒主動說要成立，王冠宏也是一道來申請的幹部，這些人現在卻把他們反鎖在裡面，意圖消滅都市傳說社？

「這梗也鋪得太長了……他們是黑粉卻加入社團，創建二社，再想入一社，我早該想到的！」簡子芸站都站不穩的攀著康晉翊，「趙文凱會住鄧明軒家，又全是好朋友——天哪！記得嗎？趙文凱的朋友有誰？」

這段時間調查的結果，大家都說：趙文凱最要好的就是都市傳說二社的那些人啊！

明擺著的線索就在眼前，他們卻因爲那些人是二社創辦人而忽略了！

「所以陳偉倫之前看過鄧明軒他們，傳訊給我說他之前看過阿風跟鄧明軒他們在一起，他一直覺得很怪……」童胤恒使勁拉著門，「小蛙，爬出去好了！」

「好！」小蛙立刻踩上凳子，童胤恒轉身扶穩。

「不要急，警察應該很快就到了，汪聿芃不是跟章警官在一起嗎！」簡子芸要他們別動，「外面都是汽油，你這樣跳出去會滑倒，而且他們就在外面守株待兔！」

童胤恒沉下眼眸，緩緩的轉向簡子芸他們，「你們真的覺得……汪聿芃會來嗎？」

什麼!?康晉翊震撼的望著他，「你什麼意思？」

「我早說汪聿芃很奇怪了！你以為我們為什麼會在這裡？」童胤恒忍不住咆哮出聲，「這不正是她想出的辦法嗎！」

咦咦？簡子芸完全無法置信，「不可能！她不是那樣的人，她熱愛都市傳說，她怎麼會……天哪！她去挑戰『妳是誰』了嗎？」

童胤恒沉痛的闔上眼，他覺得是。

正因為她喜歡都市傳說……喜歡……

「幹！先出去再說！」小蛙在凳子上一躍，雙手攀住木板上緣，童胤恒趕緊上前抱住他的雙腳穩住他。

頭才探出上緣，他看見的是站在社辦門口，四個面露喜色的學生。

鄧明軒、王冠宏、謝原芬，當然還有他們遍尋不著、也拿他沒輒的趙文凱。

趙文凱有雙快要看不見眼白的黑色瞳仁，反射著橘色火光，右手握著打火機，衝著他微笑。

「掰掰！」謝原芬可愛的招招手，同時打火機朝社辦門口扔了過來。

「放火！」小蛙嚇得鬆手，並使勁推著門板，想讓自己越快離開牆面越好！

轟然大火在一秒內竄燒，灑滿汽油的鐵皮屋社辦門口起了火舌，向後推開的小蛙連同童胤恒雙雙倒地，還因此撞上了錯落的凳子，小蛙更是直接摔上茶几再彈進沙發與茶几間空隙，痛得要命。

「童子軍！」康晉翊連忙彎身攙起他，簡子芸則繞到裡面拉起小蛙。

現在已經不是覺得痛的時候了，火勢一起，濃煙在幾秒內就會漫開的！

「我們要出去！」康晉翊掩著口鼻，「窗戶！」

在他的辦公桌背後有扇窗戶，陳偉倫就曾經從這裡跳窗過。

一群人躲到尾端去，能見度已經迅速降低，世界快成一片黑暗，童胤恒領頭想推開窗戶，卻發現無論如何都推不開！

小蛙跟康晉翊同時上前，大家拼命扣著窗戶想推動，窗子依然無動於衷。

「咳……咳咳……」簡子芸痛苦得蹲了下來。

康晉翊緊緊抱著她，小蛙想拿東西砸破窗戶，卻發現外頭火苗也開始竄燒。打開手電筒也見不到火場，電影裡演的那種橘亮亮的火場根本騙肖A啊！現在眼睛被濃煙燻得睜不開了，更別說逐漸消失的光線，讓他什麼都……

「汪聿芃！」

裡面傳來最後乾渴的吼聲，趙文凱輕蔑一笑。

「汪聿芃已經看過新世界了，你們呢？都市傳說本來就不存在！都市傳說社也不必存在了！哈哈哈！」他們已經撤到鐵皮屋外水泥地上，看著眼前一片橘色烈燄，美麗得令人目不轉睛。

「我最討厭都市傳說了，創作文還寫得跟眞的一樣！」鄧明軒笑得得意，卻在一秒鐘落淚，「不不，怎麼可以殺人，你們不可以這樣的！」

「我的天哪！」謝原芬哭著掩嘴，「你們瘋了嗎？裡面難道有……燒得好！都假的到底是在紅什麼！」

「全部消失吧，全部消失！」鄧明軒也狂喜的笑著，「只要消失就沒……我不想殺人！我不想！」

四個人跟神經病一樣，又笑又忿怒又傷心的，神情總在幾秒鐘內轉換，自我在原地掙扎著。

「都市傳說社」的門是向內拉的，他們沒留意到今天門緣上下都被裝了兩道門子，而且現下在火燄中，還可以看到門把上纏著鐵繩與鐵絲，延伸到隔壁熱舞社門口的門把，如此牽制，才能保證門打不開。

鄧明軒剛剛離開就是在忙這個，躡手躡腳的不能出聲，讓他很費力。

消防車聲音越來越近，但觀賞的學生還在瘋狂。

「都燒了嗎？」

女孩的聲音從右方的黑暗中傳來，趙文凱冰冷的眼神朝那兒看去，藉著火光，看見來人的面貌。

「多虧妳了，好完美的方式。」趙文凱劃滿笑容，看著一樣喜不自勝的女孩。

「他們沒資格看新世界啊……」汪聿芃望著燄豔火光，冷笑著，「有夠蠢的，走吧！消防隊要到了！」

她穿著連帽外套，立即將帽子戴上，其他四個人也早就套上了同色同款的外套，紛紛以帽兜遮臉後低下頭，快步的往右邊的黑暗小路走去，那個方向往上會到石板大道，也正與大路相反方向，警方根本看不見他們。

消防隊一抵達火速拉水線，一旁的廁所裡卻突然開了門，女孩一臉懵逼的走了出來。

「……有人！這裡有人！」消防隊員即刻上前拉過施立紋，「裡面還有人嗎？」

施立紋驚嚇的看著大火，說不話來，消防隊先進入探查，火勢還沒燒到廁所，但男廁女廁都沒人。

「同學！妳冷靜，這裡只有妳嗎？」他們將施立紋拉到外圍，激動的問。

施立紋撫著發疼的頭，淚水倏地迸了出來，「不，我不……社長！社長他們，還有童子軍他們都在裡面——」

「有人！哪間？幾個人？」

施立紋顫抖著手指向正前方被火海吞噬的「都市傳說社」，幾個人？幾個……

「我不知道啊！」

在全校的注意力都放在鐵皮屋社辦那偏僻的角落之際，有一行人正悄悄的進入社辦大樓，一步步輕聲的往上走，樓梯轉彎時的窗子，可以看見火光沖天，好不美麗。

女孩帽兜下的雙眼看著，又是滿足的微笑。

「明天起，都市傳說社就不存在了。」趙文凱呵呵的笑著，「沒有人會再發那些莫名其妙的東西了呵……呵呵……」

「對，不過這只是一社吧，還有二社跟三社。」汪聿芃輕描淡寫的說著，「這邊燒了，明天他們接手又會再發新的爛文。」

「二社除了我們，還有誰有能耐接？」鄧明軒冷冷的回應，「不過還是要斬草除根比較好。」

「要讓這個社團永遠不會再出現，嘻。」謝原芬笑著，又哭著，「這樣是不對的，我們明明就是都市傳說社的一份子！」

「閉嘴！」前面四個人不約而同回頭怒斥，「誰是都市傳說社的一份子！都市傳說不存在！」

謝原芬一驚，恐懼得卡在樓梯間，其他同學忿忿的往上走，三十秒後，謝原芬再度追上來時，又已經是另一副模樣了。

來到七樓，汪聿芃轉動鎖上的門未果，回頭瞥了眼趙文凱。

「我來。」只見他從腰間抽出刀子，鄧明軒跟王冠宏負責打光，讓他以刀尖翹開門鎖處。

果然門一變形，趙文凱用力一踹，門便開了。

學校社團的門，不到薄木板那麼爛，但也沒有多難開，不過就一個喇叭鎖。

重點是因爲……數人魚貫走入，汪聿芃打開了室內開關，日光燈一盞一盞的亮起，整間教室驟然亮了起來。

亮度比平時的教室高上數倍，因爲燈光都有鏡子的反射作用，這是三面均鏡子的舞蹈教室，有時上有氧課、有時是舞蹈練習，鏡子上還有練舞拉筋用的把手。

趙文凱驚訝的看著這鏡中鏡的反射之地，而汪聿芃逕自脫下鞋子，踩上了中間的木板地，原地繞著圈。

「看，這裡是不是很完美呢？」她停了下來，姿態優雅的走向鏡子，「在這裡直播，還可以讓大家知道都市傳說徹徹底底不存在。」

提前直播，來場完美的宣告。

趙文凱即刻卸下身上揹的小腳架，鄧明軒也走上木板地，驚豔般的看著三邊的鏡子，隨意湊近一面，低聲說著「你是誰」。

汪聿芃也撫摸著鏡子，她站在底端的鏡前，可以看見所有人，鏡子相對，映出的絕對不只他們幾個。

「妳是誰？」她微笑著，凝視著自己。

「欸，不要偷跑啊！」鄧明軒走了近，「妳幾天了？」

汪聿芃一笑，「趙文凱幾天，我就幾天。」

「哇……再八天就三十了。」謝原芬語帶羨慕的說著，此時扣除架設的趙文凱外，每個人都是面對鏡子說話的。

「不可能跟我一樣。」趙文凱把手機架好，倒退測量著角度，他選擇在左邊這面鏡子的中後段，檢視著距離。

汪聿芃擰眉，不太高興的回頭看向他，「為什麼？你第一天挑戰時，我就跟著問了。」

「但妳每天只做一次啊。」趙文凱滿意的看著鏡頭裡的自己，這個角度可看見他背影，還有鏡子，甚至是後面其他的人，「我每天不只做一個循環。」

「原來。」她不以為意的正對著鏡子，陶醉般的看著自己。

鄧明軒就在她右手邊，與她共享底面的鏡子，而右邊那面大片鏡子分站了謝原芬與王冠宏，每個人都呈現一種人格分裂的複雜狀態；例如鄧明軒正在撞頭，王冠宏呆愣的環顧四周，而謝原芬直接跌坐在地，嚎啕大哭。

「我們殺人了！不該是這樣子的！」她淚眼汪汪的伸手拉住鄧明軒的褲子，

「這太扯了，我們自己都已經是都市傳說了，怎麼能說它不存在呢？」

「都市傳說？」鄧明軒望著她，惶恐錯愕，接著面對自己，「不是，我之前做了什麼？我不該做那個實驗的，我問了你是誰……結果我自己又回答了我自己。」

鄧明軒的頭抵著鏡子，沉重的深呼吸，再抬起頭時，卻轉向了汪聿芃。

「鏡子裡的那個人回答妳她是誰了嗎？」

汪聿芃凝視著他，勾起嘴角點點頭，「你是誰」從來就不是單向的說話。

「所以一切都來不及了。」鄧明軒絕望的看著鏡子裡的自己，「蠢……太蠢了，為什麼要問自己你是誰啊！」

「不要吵，要開始了！這是我們的勝利！」趙文凱欣喜若狂的雀躍，對著鏡子自言自語，「贏了，根本不存在的東西消失了！」

汪聿芃轉過身，看著架在那兒的手機，開始安排位置。

「鄧明軒你再右邊一步，王冠宏到角落去，對……謝原芬，」汪聿芃漠然的瞪著在地上痛哭失聲的她，「站起來，要直播了。」

鄧明軒粗暴的一把拉起她，「妳是誰？叫有用的出來好嗎？」

謝原芬吸著鼻子，痛苦悲傷的搖著頭，「我們錯了，我……們……直播了

沒？我錯過了嗎？」

她慌亂的回頭看向汪聿芃，在教室正中間的汪聿芃搖搖頭，不耐煩的催促她站好。

這個角度，雖以趙文凱爲主，但其他人也都拍攝得到。

「我有權利先說話吧。」汪聿芃站到了鏡頭前，睥睨著趙文凱，「是我的計畫奏效的。」

趙文凱露出不屑的笑容，「隨便。」

「直播開始。」汪聿芃按下直播鈕，螢幕裡都是她的大臉。

每天收看趙文凱直播挑戰都市傳說的人非常多，即使現在火災的消息甚囂塵上，還是一眨眼就進來幾十個人。

『咦？怎麼開始了？』

『不是才直播完？』

『你知道都市傳說社失火了嗎？聽說正在燒耶！』

『幸好現在半夜，裡面應該沒人吧？』

『等一下，那個不是都市傳說社的外星女嗎？爲什麼在趙文凱的直播裡？』

『地球很危險的，快滾回去吧。』

汪聿芃刻意讓開了點，好讓大家看見趙文凱，他依然望著鏡子裡的自己，捨不得閉上眼似的。

「天哪……」他驀地倒抽一口氣，「我們做了什麼？」

汪聿芃一怔，緩緩回頭，「直播了！不要鬧！」

趙文凱倏地回頭看著她，詫異的眼神只停留三秒，立刻又轉爲冰冷，黑色的瞳仁會自動放大般的佔據了眼白。

到底誰像外星人啊！

「趙文凱挑戰都市傳說的直播開始，這是我們的宣告——」汪聿芃一字一字的說著，對著鏡頭露出得意的笑容。

接著她離開手機前，好讓觀眾們看見眾所期待的趙文凱……還有更多挑戰「你是誰」的人！

「都市傳說根本不存在！」趙文凱驀地對著鏡頭大笑，「都市傳說社都已經消失了！這個挑戰完全沒變化，等到第三十天，一切就會明白了！」

汪聿芃背對著鏡頭，走回趙文凱身邊，同時彈指，代表一個信號。

「第二十三天！提前直播！」

「你是誰？」趙文凱清楚的說出第一句話，其他人也同步開口，「你是誰？」

頻率如此相當，每隔五秒就會異口同聲的說一次「你是誰」。

三面都有鏡子的情況下，看得見自己也看得見彼此，汪聿芃的眼裡看見的更多……有四個趙文凱肩並著肩站在一起，與他一樣同步開口問著「你是誰」。兩個鄧明軒、六個王冠宏，以及四個謝原芬。

「你是誰？」鄧明軒問出了第二句。

『我是你啊！你們怎麼能傷人？這樣會被抓的啊！』鏡子裡的鄧明軒咆哮的從裡面搥著鏡子，『這樣我好不容易重來的人生怎麼辦啊!?』

『瘋了嗎！爲什麼會有這麼偏執的人格？』鏡子裡第二位的趙文凱也一臉痛心疾首。

『啊啊啊，我不想坐牢，我好不容易才出來的！』那個坐在地上嚎啕大哭的謝原芬是序列中的第三個。

『我就是你，鄧明軒，心機重的那個。』第五個王冠宏回應著他問的「你是誰」，『我覺得你可以考慮裝無辜吧？說都是趙文凱逼你們的。』

汪聿芃緩緩後退著，幽幽的環顧四周，然後一大步一大步的往後跨。

鏡子裡的人們突然噤聲，全都轉而望向她，而鏡子外的趙文凱、鄧明軒他們，也從鏡子的反射看見了離開鏡前、中斷挑戰的她。

「汪聿芃？」趙文凱擰起眉心的向右後看去，直播都見著他的回首，但汪聿芃已經退到了腳架後方，「妳在幹嘛？至少要說十次的。」

「我才不要。」她緊握著雙拳後退，「你們眞的很奇怪耶！怎麼會這麼笨！」

鄧明軒向左後轉來，不解的望著她，「汪聿芃？妳是……」

「啊啊啊！」鄧明軒指著鏡子裡遙遠的她，「她沒有別人！她沒有在新世界裡！」

「什麼？」謝原芬倒抽一口氣，「汪聿芃，妳沒有見到新世界？妳沒有問嗎？」

「我問了！拜託你們用腦子想一下吧！」汪聿芃緊繃起身體大喊，「就算我的主人格崩壞了，剩下的也應該是那個最、喜、歡都市傳說的那個我吧！」

怎麼可能會變成黑粉，偏執的想要滅掉「都市傳說社」咧！

「她騙我們——」謝原芬驚呼出聲。

「這才不是甕中捉鱉！」汪聿芃揚高音量，「我這叫請、君、入、甕！」

只是趙文凱等人以爲入甕的是都市傳說社，卻不知道是他們自己！

「殺掉她！」趙文凱二話不說，直接衝向前。

「直播喔同學！」汪聿芃飛快的往後退到鞋子邊，腳立刻套進去後閃到旁

邊，「章警官！」

電光石火間，門口竟閃身奔入了警察們，他們小心翼翼的抬著大面鏡子，直接踩上木板地，逼近了他們。

一扇接一扇，鏡子們片片相連，把趙文凱等人隔進了四面都是鏡子的空間中。

這……趙文凱慌亂的看著四周，太多個他了，這是怎麼回事？

「快問啊，你是誰？」外頭的汪聿芃大吼，「你們眼裡的新世界有幾個呢？」

「啊啊……」鄧明軒轉身顫抖著，「你是誰……不對，人不是我殺的！不關我的事！」

「對不起！我阻止不了她！」謝原芬尖叫著，一直哭倒在地，「我眞的……閉嘴！不要這麼沒用！敢做就要敢當，大家都在一個身體裡！」

「是趙文凱逼我們做的！」王冠宏立即指向趙文凱，「我們只是……我就是看不慣造謠言生事的人還創什麼社團，世界上眞的有都市傳說嗎？騙肖仔！」

趙文凱沒有說話，他只是用狠毒的眼神，瞪著鏡子裡的自己。

章警官皺眉上前，還沒開始他就覺得頭痛了，「這很嚴重啊！」

「還在直播喔！」汪聿芃轉身在大吼，「直播的人都看見了吧！這就是活生生生的格式塔崩壞，他們的人格被摧毀了！這就是都市傳說社的宣言——都市傳說是存在的！」

章警官立即拉過汪聿芃，一臉妳在亂什麼的表情！

「把直播關掉，鏡子不要動啊！」

汪聿芃望著被握住的臂彎，扭動的轉開，不安的往外看，「可以交給你了嗎？章警官我想……我想去……」

章警官鬆了手，「去吧。」

童胤恒！章警官手一鬆，汪聿芃即刻奔出門。

她以跳躍方式衝下七樓，一路沒命的狂奔，即使她跑得再快，卻還是覺得每一分每一秒都跟一年一樣難熬！

童胤恒應該有看到她給的訊息吧！就算沒有，章警官應該也事先安排了，不會有事的，大家不會有事的！

鐵皮屋的火大致被撲滅，橘色火光已不再，取而代之的是濃密的黑煙，消防隊員正努力的噴水救火，消防車與救護車都在旁邊，汪聿芃從陰暗處衝出來時，只見一片混亂，什麼都找不到。

「……童胤恒！童胤恒！」她扯開嗓門喊。

就近的消防隊員見狀，緊張的揮手，「不要從這裡通過！同學！回頭！」

「童胤恒！」她失聲尖叫著。

遠在十公尺外，披著毛毯的男孩倏地一顫身子，康晉翊飛快的從後面拉住他的毯子，他才沒有倒下去。

「童子軍！」康晉翊緊張的問著。

「我剛……剛麻掉了，都市傳說的聲音此起彼落。」童胤恒舞動手指，一發現能動，即刻勉強跳下救護車。

「什……咳咳！」簡子芸又開始咳嗽，「你聽……咳！」

對，他聽見了。

一句句咆哮怒吼都聽見了，但他坐在救護車階梯這兒，裡頭的康晉翊他們都不知道他無法動彈，但是……

「童胤恒！」

「汪聿芃……」他沒聽錯！

童胤恒立刻往聲音的方向衝，遠離了救護車，眼前所見是混亂的救火現場。

「汪聿芃！汪——聿——芃——」他放聲大吼著。

咦？她看見了。

「我同學在那裡！」她對著消防人員喊著，他們還是讓她從後頭過。

汪聿芃欣喜若狂的往前衝，二話不說的直接撲進了童胤恒的懷裡！

她根本是直接跳上去的，緊緊抱著童胤恒，突然間酸楚盡數湧上，淚水迅速潰堤！

「你有看見嗎……你有看見嗎？」她泣不成聲。

「看見了！我看見了。」他也回擁著她，「相信妳。」

「嗚……」汪聿芃抽抽噎噎的，「他們眞的好狠，我沒想到他會想要燒死你們……們，啊，康晉翊、簡子芸跟小蛙他們呢？」

「還沒死，謝謝關心。」小蛙不知什麼時候站到童胤恒身後，「會不會太誇張，到現在才想起我們？」

嗯？汪聿芃睜開模糊淚眼，一時之間還看不清站在童胤恒身後的人影是誰咧。

簡子芸戴著氧氣罩，與康晉翊都準備送醫，他們嗆傷嚴重，加上舊傷，必須要趕快先走。

「下來吧。」童胤恒終於感到有點尷尬，汪聿芃這才勉強的跳下來。

回頭看向康晉翊他們，來不及說什麼，救護人員先關上車門，第一批救護車

就先離開了。

「同學，你們也要走了。」醫護人員上前，問著童胤恒跟小蛙，「這位……」

汪聿芃搖搖頭，「我沒事。」

「咳……咳咳咳……」童胤恒忍不住咳著，他跟小蛙吸入的濃煙也不少，「妳……」

「我只是先來確定你們安全，我等等想先陪章警官去處理趙文凱他們。」她抽著鼻子，「畢竟只有我看得見那個新世界。」

童胤恒眼神流露出忿怒，「妳眞的去玩？」

汪聿芃抿著唇，有點覺得無辜，可是又覺得自己沒錯。

「上車了。」醫護人員催促著，這些肺部嗆傷的同學怎麼都這麼勇健？

小蛙哀聲嘆氣的跳上車，童胤恒指著汪聿芃，「晚點再跟妳算帳」的臉，她不滿的噘起嘴，陪著他一起來到救護車邊。

「同學？這個？」醫護人員拿起一塊牌子。

「不行！」小蛙搶了下來，緊緊抱在懷裡，那是都市傳說社的招牌，也是另一個都市傳說的殘骸。

「我弄好就去醫院找你們。」汪聿芃還有事必須做。

車上還躺著一具假人模特兒，童胤恒一跳上車趕緊阻撓，「不行，這個一定得跟著我們。」

半皮膚半肌肉的假人模特兒，也被燻黑了，而他的左手卻被人往上抬了幾寸，成了打橫手臂，掌心向上的姿態。

而掌心上，被白板筆寫上：這裡。

這夜A大附近難以平靜，救護車與消防車刺耳的鳴笛聲不絕於耳，不遠的醫院裡，蔡志友緩緩睜開了眼。

第十三章
你是誰

汪聿芃從趙文凱直播第一晚開始，就開始了「妳是誰」的挑戰。或許出於喜愛，或許出自好奇，總之她就是大家口中那個「蠢到去挑戰都市傳說」的人。

她沒有錄影，就只是對著鏡子用極快速的語調唸完十次「妳是誰」，但是與趙文凱及鄧明軒他們不同的是：她沒有崩壞，也沒有人格抹滅，依然是原本的汪聿芃，所以趙文凱的反應讓她覺得非常奇怪。

再者，鏡子倒映的趙文凱明顯的看向鏡頭，這反而讓她更加積極探討「你是誰」這謎樣的都市傳說。

用指甲想都知道會被罵，所以根本不敢提，那天童胤恒在宿舍門前問她時，她承認一轉身就偷偷的說了「才怪」兩個字。

「第十五天吧，那天我學趙文凱唸得很慢很慢，看著自己，想像會不會越看越奇怪——沒有！但是鏡子裡的門縫下出現一堆影子，我嚇到了，以爲是小偷，我房間應該沒人啊！再看向鏡子時，我竟然從鏡子裡消失了！」汪聿芃說得激動，一整個病房的人同時狠抽口氣，「我都傻了，我拼命敲鏡子，希望倒影回來，但是都沒有耶！」

病床上的蔡志友緊皺眉心，「我覺得不管會不會回來，都不太好吧！」

「但總比沒回來好啊！」簡子芸手上的點滴管還插著，「對著的鏡子沒有我的影像，我應該會立刻衝出去啊！」

「不行啊，還沒收工，而且我擔心如果鏡子裡那個回來了，看不到我怎麼辦？」汪聿芃認眞的回答，她打從心底爲鏡子裡的那位憂心。

一時之間房裡氣氛沉悶，大家已經不知道該接什麼話才好。

「然後呢？」童胤恒放棄教訓。

「然後我一直敲門……敲鏡子啦，倒映出的門縫下影子很亂，像是一堆人在我浴室門口走動，門還會砰砰的撞著……」她猛然一握拳，「我好緊張的回頭，我的門外還是很安靜，但是我再一轉正時——卻突然出現了一張大臉！」

尾音激動的飛揚，倒是讓病床上的人莫名其妙。

「被自己嚇到……也是情有可原！」小蛙嘖嘖，身旁的童胤恒直接踹他一腳，「喂，喂！她就被自己嚇到啊！」

「妳的影像從鏡裡消失又突然出現，這誰都會嚇到好嗎！」童胤恒翻了個白眼。

「不是，就是因爲倒影不是我啦！」汪聿芃笑著擺手，輕鬆的端起飲料來先喝一大口。

……不是她!?康晉翊瞪大了眼，這沒有比鏡子裡映不出自己來得好吧！

「所以眞的有另一個人……這是附身嗎？」簡子芸覺得太不思議了，把手機往前些，她現在不方便寫字紀錄，只能錄音。

「有點像，但那個不是來附身的。」只見汪聿芃眉開眼笑，笑彎了眼，「是夏天學長喔！」

「什麼——」一整間病房都快暴動了，「夏天學長！」

「他特地過來找妳嗎？」

「還是他剛好在照鏡子？」

「他有家嗎？還是在廁所裡？」

一雙雙亮得可怕的眼睛看著她，盈滿羨慕嫉妒恨，渴望著接下來的答案，這女人簡直是來拉仇恨值的。

「好像在列車上的洗手間裡，很暗看不清楚，我也沒辦法問。」汪聿芃說到這兒有點失望，「我直接就被罵了一頓！學長說我怎麼可以挑戰都市傳說，還說外面都是想要擠進來的傢伙，是他幫我擋下了。」

「好玄啊……所以廁所外面那些人也在列車上？這眞的類似交換靈魂，或是鬼附身那樣。」童胤恒滿是驚嘆，很詭異可怕，但是可以見到夏天學長啊！與列車洗手間連線，這是多好的網路啊！

「類似吧，學長說既然有人自願抹煞掉人格，空缺處就歡迎遞補，一般是上一個玩『你是誰』而被排擠掉的人格有優先權，有時是自我殘存的破碎人格，有時就……」她聳了聳肩，「只要被都市傳說所困的人，都市傳說的一份子，似乎都可以去擠那個空隙。」

病房裡相當靜默，大家都在消化這樣的訊息。

蔡志友已經能半坐臥了，他說他在昏迷的時候，其實都聽得見，就是醒不過來，做了許多似夢非夢的夢境，甚至包括汪聿芃在舞蹈教室設計的一切過程，彷彿靈魂出竅般，很玄異的經歷。

「用我們熟悉的想法就是類似附身，或是奪舍，只是都市傳說又不同於靈魂，學長都說是人格了，那就說是人格吧。」蔡志友再度端出條理分析，「但『你是誰』主要是格式塔崩壞，讓本人不識自己，抹煞主人格，我想趙文凱或是二社那幾個都是這樣，把平常生活的那個自己刪除，剩下的便是他們的黑暗面……他們這麼偏激，沒有黑暗面才怪。」

「因爲討厭都市傳說所以申請創辦二社？這是什麼變態心理？」小蛙完全同意，「他們這學期攻擊我們不遺餘力，就是這種想法，所以等平常壓制黑心腸的人格消失後，剩下的殘忍面就竄上來了。」

簡子芸淺淺一笑，仔細思考其實也不可怕。

「世人不都是如此！每個人本來就都有不同面向，也不一定是多重人格，但在社會生存，總是需要用不同面生活。」

沒有人能夠盡情的放縱自我，人生在世，需受環境與法治的限制，這是爲了大家的共同福祉，如此便是團體生活。

「你是誰」的都市傳說，有人解釋爲語意飽和的格式塔崩壞，但都市傳說哪有這麼簡單，豈是一時的崩壞而已？趙文凱在問著自己「你是誰」時，他又怎麼知道自己心裡的黑暗會取代主人格，更不知道鏡子的另一邊，又有多少人搶破頭希望回答他這個答案。

「我就是怕，所以不敢去嘗試。」童胤恒幽幽道出心裡想法，「我總覺得人格崩壞這四個字很可怕。」

然後，他不太高興的看向汪聿芃。

她一怔，又心虛的低下頭，「我已經被學長罵過了，但是……我不覺得我有多面向啊！」

她疑惑的看著童胤恒，再往小蛙尋求答案，最後渴望的朝右手邊那三張並排病床上的同學們望去。

她沒有什麼不同面，她想什麼就是什麼，沒這麼複雜啊。

康晉翊忍俊不住，笑著搖頭，「說不定就這樣，所以妳沒什麼空隙，滿滿的就一個人格！」

「我覺得外星體系跟地球不相容吧！」小蛙超直接對著汪聿芃問，「妳自己知道妳不好相處嗎？」

「嗯？會嗎？」她眨了眨眼，「我是覺得你們都很奇怪啦！」

到底誰奇怪啦！

「好了！不要打斷她！」簡子芸急著想知道後續，「學長還說了什麼，是不是有面授機宜？」

「嗯，時間很短，不過學長有提到一個身體裡塞各種人格，不一定能適應，更別說有上一個想重生的，還有都市傳說裡吸收的各種傢伙。」汪聿芃豎起雙手食指，「最重要的是上一個挑戰「你是誰」的主人格，他會想要藉此重生，趙文凱的第一個人格，是五十年前的人喔！」

五十年前某個挑戰「你是誰」的人，主人格進入了都市傳說裡，困在鏡子的那端，直到下一個玩「你是誰」的人，就可以趁隙而入了！

「難怪他不太會用手機！」童胤恒恍然大悟，「不過已經很聰明了，我們跟

他見面不過七、八天就已經適應這個世界了……等等，學長有說三十天的事嗎？爲什麼趙文凱不到三十天人格便抹煞了？」

「因爲他很誠心。」汪聿芃說著突兀之語，「除了直播以外，自己會增加次數，不間斷的催眠自己。另外就是……他嘴上說不信，心裡卻期待著或恐懼著發生什麼事，這種想法加快了恐慌跟催眠。學長說，三十天只是完整崩潰或完整取代，只要開始對著鏡子裡喊出第一輪『你是誰』時，一切就開始了。」

因爲正常人，是不會連續對著自己問十次「你是誰」的。

那就像是把鑰匙、一個通關密語，開啓了都市傳說的門。

「所以妳在鏡子裡只看到學長嗎？爲什麼妳的倒影會不見呢？」蔡志友還在執著上一段。

「……我沒問耶。」汪聿芃一臉錯愕，「對啊，我不知道爲什麼我會不見！」

「這種事妳居然可以忽略!?」蔡志友頭好痛，一定不是外傷的緣故。

汪聿芃眞的壓根兒沒想到，那時看到夏天學長她高興都來不及了，可是還沒歡呼就被罵了個狗血淋頭。

「但妳後來爲什麼要假裝也人格崩壞了？」簡子芸有點不高興，因爲直到逃出火場時，他們都以爲汪聿芃已經不是原本的汪聿芃了。

「學長有說不只一個人，還說了知人知面不知心！」汪聿芃也一臉爲難，「我仔細想過，要知道他們在想什麼，只有這個辦法！」

童胤恒蹙眉，「等等，妳在做這個決定前，已經知道二社有問題了嗎？」

「嗯？不是嗎？他們跟趙文凱很好啊！還住在一起耶！」汪聿芃圓瞠雙目，一臉理所當然，「志同道合的朋友才會這樣不是嗎？」

「不是啊，因爲他們都是二社的幹部，趙文凱也很熱心助人，所以自然會比較好不是嗎？」小蛙不明白，「跟女友吵架之後去住朋友家也很正常啊！就算蘇蘇後來死了，屋子被搜查，無處可去朋友收留也對啊！」

「嗯，對啊！」汪聿芃跟著話尾回應。

「妳是在跟我對什麼！這樣子妳又怎麼會覺得二社有問題？」小蛙扯了嘴角，點什麼頭啦！

汪聿芃困惑的望著小蛙，「不是嘛，你剛剛自己都說了啊！」

「我是——厚！童子軍！」小蛙立刻求救。

童胤恒無言的看著她，有點沉重，「妳因爲他們要好，就直接把他們歸類爲黑粉了？」

汪聿芃肯定的點著頭，趙文凱跟鄧明軒他們自高中就是朋友耶！

理念價值觀類似才會成爲朋友啊！既然趙文凱是黑粉，她眞的不信鄧明軒不是，王冠宏不是，再擴散到他們那一票。

「爲什麼？爲什麼妳會這樣聯想？」簡子芸不明白，「妳爲什麼不是想：趙文凱很會僞裝，所以騙過了其他人？鄧明軒他們都是我們社團的人啊！怎麼可能懷疑他們！」

康晉翊更是啞口無言，所有人都認爲趙文凱欺騙了所有人啊！

「嗯……」汪聿芃歪著頭，顯然這個問題相當的困擾她。

「我們想的是趙文凱佯裝成喜愛都市傳說的人，混入社團後付出心力，跟大家都混熟；但對於妳來說，能這麼要好就一定是一路的，對吧？」童胤恒感嘆的問著，得到汪聿芃用力的頷首，「這就是我們思路不同的主因。」

「他們就很好啊，而且又說是高中同學。」汪聿芃聳了聳肩，「我就是覺得他們是一掛的啦！」

哪來那麼多的爲什麼？反正很好就應該是理念相合啊，高中就開始裝未免也太辛苦，黑粉也是上一學期才開始的不是嗎？

「萬一妳錯了呢？」康晉翊不解，不就徒勞無功？

「學長都說了，知人知面不知心，還說列車上比現實社會單純多了！醬子一定是我們認識的啦！」汪聿芃笑得自然，對她來說如此理所當然，「我那天在鐵皮屋外遇到謝原芬，我隨口說一句妳看過新世界嗎？她就立刻用讚賞的眼神看著我耶，那天晚上就傳訊息給我囉。」

「新世界到底是什麼鬼？」蔡志友不耐煩的問著，「就看見不同的自己嗎？」

「人格不同，看見的自然不一樣啊！」汪聿芃雙眼熠熠有光，「我跟趙文凱見過面，他說他突然體會到沒有都市傳說的世界，一定更美好，所以一定要消滅都市傳說社。」

「妳還私下跟趙文凱見過面？」童胤恒火都冒起來了。

「見過面還討論過呢！鄧明軒是討厭人，他覺得一切都是康晉翊在主導，只要人消失，就不會有都市傳說社了！」汪聿芃扳起手來數著，「王冠宏只是同仇敵愾，支持趙文凱滅社。謝原芬比較想要成爲焦點，她不相信有都市傳說，卻覺得這個造假的社團太紅，備受矚目得讓她很不開心！」

不管哪個理由，殘存的人格想的都是殊途同歸——消滅「都市傳說社」。

「馬的！這什麼想法啊，這根本有病吧！」小蛙全然無法接受，「就因爲他不相信有都市傳說？這樣以後看到不爽的事都要殲滅？」

「別忘了他們本是僅存的人格，其他情感都不存在，自然不太正常。」簡子

芸只有嘆息，「奇怪的是其他的人格卻不能作主？」

「因爲暴力吧！沒發現剩下的人格都是屬於殘虐暴力派的，他們一心只有毀滅與殺戮，個性比較強大的人格容易主導一切。」蔡志友看著自己的傷，「所以——知道我的傷是誰幹的嗎？」

「啊！這個！」汪聿芃突然大喊，「我想到爲什麼我這麼確定二社他們跟趙文凱是一掛的了！因爲那天王冠宏把東西藏起來了！」

又是令人摸不著頭緒的話語，小蛙連皺眉都懶了。

「妳把話說全可以嗎？用妳覺得奇怪的方式。」童胤恒不會對她發火，因爲沒有用。

只見汪聿芃手指一舉，直接指向了童胤恒，「那天王冠宏是跟你一起去青山路的！你們去找蔡志友出車禍的眞相，結果什麼都沒找到對吧！」

童胤恒立刻想起，「對，那天我看到妳在上方的彎道旁偷看我們！我就是從那時確定妳不對勁。」

「一定要讓你覺得奇怪啊！」汪聿芃用再自然不過的口吻說著，「你在樹林那邊找，王冠宏在路旁跟電線桿，我看見他把上面的膠帶撕下來了！」

「什麼？」童胤恒幾分詫異，當時的他只在意樹林裡的痕跡，還有接電話，的確沒注意王冠宏……而且也沒有可以注意的地方啊！

那裡就是空地、電線桿以及兩公尺高的擋土水泥牆，那有什麼？只是撕膠帶……電線桿上什麼都有啊。

「膠帶有什麼嗎？不是很多廣告單，鐵絲也一堆啊！」康晉翊也不解，「膠帶警方應該也查過吧？說不定有人亂貼！」

「因爲大家都覺得電線桿上面什麼都有啊，有好幾圈的膠帶也不是問題，但既然這樣，爲什麼要特意割開拿走？邊割邊收還一直偷看你。」汪聿芃比出一個厚度，「好幾圈耶，纏起來這麼厚，有問題才會動手，啊你回身前他就藏起來了！」

「我是被膠帶絆倒的嗎？」蔡志友不太爽，事實上他對車禍過程沒有什麼記憶。

「對～我問過了！是鄧明軒下的手，把好幾層透明膠帶黏在一起，一端圈在電線桿上，他躲在林子裡，你從阿德那邊一離開，只要等你要路過時，把膠帶當繩子拉緊就可以了！」汪聿芃還繪聲繪影的做出狀聲詞，「磅！砰！所以機車才會往前翻滾，飛呀飛的！」

蔡志友緊揪著被角，「馬的！這多危險，如果對向也有車呢？」

「他們不會在乎這個，他們只想要解決都市傳說社的人，很單純的。」童胤

恒回憶著謝原芬說過的事，「記得謝原芬說她在現場，剛好騎車經過，只要在一陣混亂中，先剪掉繫在電線桿那端的長膠帶繩就好了。」

「對，車禍一發生鄧明軒就先剪走手能觸及的一段，所以剩餘的亂飄亂落，現場這麼亂，大家也只注意蔡志友，他們深知監視器死角，謝原芬第一時間就抵達，再把殘餘的膠帶繩剪走，登愣！」汪聿芃還語帶讚嘆咧！

爾後警方勘驗時也不會覺得奇怪，畢竟電線桿上有一堆雜物不奇怪啊！

「是我主動說要去現場看，王冠宏便趁機去把剩下的跡證解決掉，就算路過的人看見，也可以說我們是為朋友調查真相，光明正大。」童胤恒冷笑搖首，「僅存的人格除了殘虐外，也挺有腦子的啊。」

「如果你都沒說要去現場查看咧？」小蛙覺得這也太巧。

「他們可以自告奮勇啊，只是需要時機！」康晉翊忍不住輕揚嘴角，「我覺得他們對我們幾個也有一定的瞭解程度啊……」

「嗯啊，知己知彼，百戰百勝！」汪聿芃還幫腔，「他們對我們超瞭解的喔！」

「所以有人說過，黑粉也是鐵粉的一種。」蔡志友略點著頭，「這就難怪妳會確信他們有問題。」

「她確信是她的邏輯不做多方面思考吧！」小蛙回頭看著蔡志友，還讚美咧！

「我後來也想過，鄧明軒積極的說要排班，也因此知道了我帶子芸去醫院的時間……應該是他叫阿風跟小綠來攻擊我們的！」康晉翊再次難受的瞥向簡子芸，「只能說幸好學姐他們在……對啊，學長姐怎麼那麼剛好會……」

話沒說完，角落的女孩右手舉得又挺又直，雙眸亮得很呢！

「妳通知的？」康晉翊驚愕不已。

「對啊，我怕打不過，我問學姐怎麼辦，她直接問我幾點。」汪聿芃雙手一攤，「反正學長姐都比我們強大啦！」

對！對啊，小靜學姐就很強了，毛學長跆拳道也是黑帶的啊！童胤恒不由得覺得汪聿芃好聰明耶！不管什麼星球的，眞的細心得驚人。

簡子芸揪著一顆心，驚嘆不已，「謝謝，眞的謝謝妳！火災那晚也是，幸好最後大家都沒事……」

她虛弱說著，回想起來總是後怕，在火場裡的幾秒根本度日如年。

火燄與高溫的濃煙侵蝕了理智，窗戶早就被封死，甚至外面也先被放了火，趙文凱他們鐵了心要燒死他們，那時她幾乎絕望了，拼命咳著，腦子裡回想起在棺材裡的絕望。

只是沒想到，童子軍發現了端倪。

「幸好童子軍看懂了。」汪聿芃綻開笑顏，打從心底開心的呢！

「連我都不說，妳也算保密到家了……好歹透露一點啊，要是我沒看出來呢？」童胤恒嚴肅的蹙眉，語帶責備。

「我不是一直說要相信我嗎！」汪聿芃一臉委屈，「我如果透露給任何一個人知道，就會不自然，我需要有人懷疑，這樣趙文凱他們才會認眞覺得我們是同一陣線的！別人不管，但我知道你一定會懷疑我的，因爲你最懂我！」

她劃滿自信的笑容，就衝著童胤恒笑得一臉滿足，童胤恒登時僵住，有些難爲情的覺得臉有點發燙。

「喂，冷靜點兩位，我們還在喔！」小蛙相當不解風情，這是哪門子的對話跟笑顏啊！

「我知道你在啊！」汪聿芃打量著小蛙，說什麼廢話呢！

「咳！」毛穎德尷尬的清了清喉嚨，「對，妳太怪了，我確實懷疑妳了！但是妳每天傳訊息來只叫我相信妳，至少火燒社團當晚要給我個清楚的提示吧！」

「我有啊。」她亮著雙眸，「不是讓假人學長告訴你了嗎？」假人學長。

所有人不約而同的往病房角落那具已經被洗乾淨的假人模特兒看，他已經被清洗乾淨，手也安裝回原來的模樣，掌心裡的字樣未除，頸子上掛著「都市傳說社」的招牌。

招牌來自「第十三個書架」的殘骸，創社社長將之打磨後，請人在上頭寫上了「都市傳說社」的字樣，自此成爲鎮社之寶之一，平時都是掛在外面的，那天大家只專心在午夜會議的圈套，沒有注意到它早就被拿下來，就勾在假人模特兒的手上。

被改變姿勢的假人左手指向了牆面小書架，那個小蛙每次最愛坐的地方。

童胤恒立刻與小蛙合力推開了那層書架，與熱舞社僅一層薄板之隔的牆面根本是個破洞，熱舞社也只是擺塊板子擋住，於是他們立刻從那小洞穿到熱舞社，熱舞社的窗子邊，早就有警消待命。

相較於有汽油流進社辦的「都市傳說社」，熱舞社的火勢沒有那麼大，給了他們較多的時間空間，踩上彷彿預備好的桌椅，他們很快就被接出去。

自然，逃跑前不能忘記假人學長與招牌，童胤恒小蛙一人抱一個，一道兒離開了火場。

「我根本不知道社辦跟熱舞社的牆有破洞。」康晉翊對這點相當訝異，「爲

什麼妳會知道？」

「因爲我會去熱舞社啊，他們那邊放了歷年的珍珠板立牌，我們那個架子也是一搬進去就有的嘛，我偷看過，原來是因爲有破，但學校沒有想換整面牆。」汪聿芃聳聳肩頭，「自趙文凱說要放火後，我可是緊張死了，好不容易才想到這條路！」

「那童子軍……」簡子芸不解，如果那天在火場沒看見假人手指的方向，她只怕在那時也不會想到這麼多。

「呃……手掌上的字是她寫的啊。」童胤恒不太明白這有什麼好懷疑的，「我又看到招牌被拿進來了，就知道一定有路！」

小蛙嘖嘖搖頭，「你們這默契很可怕耶！」

「這不是默契，她……反正她說相信她。」童胤恒也很無奈，「她寫的字、她的指示，加上陳偉倫在我們吃義大利餐那天就跟我提過，他曾經看過趙文凱、阿風跟鄧明軒他們一起玩，也的確削弱了我的信任感！」

只是他那時處在誰都可疑誰都不能信任的當口，那具寫著指示的假人模特兒，讓他當機立斷，選擇相信了汪聿芃。

而且那個時候應該也沒有別的選擇了吧！

汪聿芃繼續呈現一種「我就知道你懂我」的神情，叫童胤恒尷尬萬分，簡子芸暗自竊笑與康晉翊交換眼神，靠門邊的蔡志友卻留意到站在門口的怯懦身影。

施立紋。

「喂，訪客。」他喊著，施立紋如驚弓之鳥，嚇得想躲。

「進來吧。」康晉翊發了話，「不甘妳的事，不是嗎？」

施立紋咬著唇，啪噠啪噠的眼淚直掉，一臉委屈的緩緩步入，話都說不上半句，倒是哭得泣不成聲了。

施立紋的確是二社的一員，也跟謝原芬分租，但是她從不知道謝原芬是黑粉，因為她們總是能討論都市傳說到天亮。

「這真的假的？」小蛙倒不客氣，「該不會又一個演戲的吧？」

咦？施立紋怔然，拼命搖手，「沒有！我不是，我不是黑粉！我是真的喜歡都市傳說的人，我不知道芬芬騙我！」

「小蛙，她如果是一掛的，就不會被打暈在廁所，而是一起放火燒我們了。」

簡子芸輕聲解釋，「是吧？」

施立紋看向簡子芸，鼻子酸楚再度湧上，淚水抹不及的掉。

那天去洗手間時她嚇到了，什麼都來不及反應就被打暈，而且謝原芬下手很

重，她是扣她的頭去撞牆，一下再一下，直到她不會動爲止；所以現在的施立紋，頭上裹著繃帶，縫了二十幾針，中度腦震盪。

而且其他二社社員沒出現，正是因爲鄧明軒根本沒告訴他們這件事，還改了護衛班表。

「這樣就能解釋那天他們是怎麼進入你租屋那棟樓的，有內應嘛！」童胤恒搖著頭，「妳們什麼時候就知道跟小蛙住同一棟？」

「我是大家要排班接送你們時才知道。」施立紋嗚嗚咽咽的抽著氣。

「不如先問，妳們跟小蛙住同一棟多久了？」蔡志友覺得這比較值得探討。

施立紋微怔，有些驚嚇的摸著頭，「我們去年才搬來的……房子是芬芬找的……」

二社創立近一年了啊，要鋪這種梗輕而易舉，他們早就盯上小蛙了吧！

不一定因爲這次的事件，而是住得近就是需要用時便利許多。

「那天發現有人影衝上樓，他們關上樓下大門，我的確是打給施立紋請她協助開門的。」童胤恒幽幽的回頭，看向還在吃紅豆餅的汪聿芃，「妳——」

「我知道他們要去找小蛙，但我不能露馬腳啊，反正你都上去了！」她說得好無辜，「我看到他們衝出來後，我就進去幫忙開燈了，貼心吧！」

「好貼心喔！」小蛙眞想揪住她的衣領猛搖，再問她：妳到底在想什麼？「妳如果能提早警告我，是不是更貼心？」

「不行，會露餡！」她一秒否決，擺明了就是小蛙註定進醫院。

簡子芸好生安慰施立紋，事不關她，當然她會有震驚跟內疚，但這件事眞的無法怪她。施立紋最後還是走到小蛙面前道歉，這個歉意小蛙吞不下去，他明白的確不關施立紋的事，擺擺手說算了，還硬從汪聿芃紙袋裡搶了一個紅豆餅給她吃。

「喂！我的！」汪聿芃嚷嚷，施立紋反而不敢接。

「我等一下買十顆給妳。」童胤恒正首，趕緊補充。

哼，汪聿芃噘著嘴點頭，她只要一顆就好了啦！

康晉翊忍不住又嘆口氣，看著病房裡的人，苦笑自嘲著，「虧我還覺得二社好仗義，自責過去太排外，同學這麼力挺我們，我卻在耍孤僻，想著事情結束後要開放合併……結果？這叫我還怎麼相信人？」

簡子芸也想過這可怕的事實了，他們無法窺知人心，她自己也茫然。

「說穿了，這個都市傳說的確是抹滅人格，但如果不是那些人心有惡念與偏激，也不至於搞成這樣。」蔡志友以下巴指向汪聿芃，「像外星女說的，如果是她人格抹滅，剩下的說不定也是喜歡都市傳說的那個，不是想殺人的那個吧！」

事情的關鍵重點，還是在人。

「我不是外星女！」汪聿芃氣急敗壞，「你們不要每次都亂叫我！」

噗……童胤恒噗哧一聲，大笑起來，「哈哈哈！果然恢復正常了，對嘛！否認才是第一反應！」

什麼啊？汪聿芃皺眉不可思議的看著他，「我就不是啊！」

「最好啦，『妳是誰』對妳都無效耶，因爲妳那個外星人格已經塞好塞滿了。」小蛙伸了伸懶腰，說得直接！

「就不是！」汪聿芃氣急敗壞，「奇怪的明明是你們，我每天都要沙盤推演，學你們奇怪的想法，想像你們會怎麼說……好累喔！」

一屋子人白眼翻到她的星球外，到底誰累啊！

「好了！天橋下說書該結束，我們得去警局一趟了。」童胤恒起了身，「我跟汪聿芃就好，其他人請乖乖待在醫院養傷，全部都還沒有得到出院許……」

餘音未落，外面有足音焦急逼近——「同學！爲什麼你在這裡？」

小蛙立即跳起，還差點扯掉自己的點滴架，護理師走近一把拉過架子，「都沒事了嗎？不會不舒服嗎？」

「就還好……」小蛙瞬間變得乖巧，說話都虛虛的。

「回床上去！讓你們躺著是有原因好嗎！」護理師倏地回頭，所有人緊繃的挺直背脊，接受一一掃視，「該休息了，每個人都需要休息，其他人……妳能下床嗎？施立紋？」

嘴裡塞著紅豆餅的施立紋不敢答腔，禮貌的朝大家一鞠躬，飛快的自動溜出病房。

「我出院了，我們現在就要離開。」童胤恒在護理師開口前自己先報告，眼尾朝汪聿芃瞟，走了！

汪聿芃抓過背包趕緊跟上，朝病床上臉色蒼白的同學們揮揮手，希望大家下星期都可以回到學校……因爲，他們也該想想新的社辦要設在哪兒了嘛！

警局特殊候詢室裡。每一個學生都被架圈在四面鏡子的方框裡，彷彿無形牢籠，他們沒有人撞也不可能破壞鏡子，都安靜的坐在中間，不是對著鏡子裡的問著「你是誰」，就是喃喃自語，彷彿在跟人對話。最多的時間是不停的切換人格，或哭或笑或發怒，不停的轉換如同精神崩潰者。

趙文凱最後的直播，變成「都市傳說社」的宣言，開頭的是汪聿芃，現場直

播證實了這幾個人因爲挑戰了「你是誰」，而導致了人格崩壞。

在警局這幾天，別說章警官了，許多警察也都不可思議的看著自言自語、不停切換人格、而且幾乎不睡覺的四名學生，「玩都市傳說玩到發瘋」的傳聞不逕而走，學校想壓下新聞也無法，因爲趙文凱在嘲諷中承認他勒死了蘇蘇。

鐵皮屋盡數燒毀，社團裡許多心血付之一炬，「都市傳說社」再度爆紅，因爲那種直播宣言等於間接證實了都市傳說是存在的。

自然也有許多人責備「都市傳說社」，火是因爲他們而起的，起因是汪聿芃叫趙文凱挑戰「你是誰」。

幸好汪聿芃一點都不在乎，她也不可能回應，酸民愛說讓他們去說吧！

這一切的發展，說句心底話，她是滿意的。

「記得我之前說過嗎？」汪聿芃站在趙文凱的候詢室外，輕鬆的說著，「希望可以讓黑粉都能看到或遇到都市傳說！」

童胤恒嘆息，「記得。」

「嗯哼！」汪聿芃滿意的點頭，從皮夾裡拿出一張卡，「然後我們都不要救他們。」

「這件事很難救吧？能救下自己已經很幸運了。」童胤恒從兩面鏡子的縫隙中，看見趙文凱依然對著鏡子在說話。

汪聿芃指頭夾著集點卡，帥氣的朝鏡子那邊射過去。

「拿去，恭喜你們，集到一點了！」她可沒有食言，費心手工製作集點卡，一人一張。

第一格上面的章還是用印的，反正……他們也很難集到第二點了。

卡片落在地上，趙文凱也無心留意了。

章警官緩步走來，看上去很頭疼，學生們看見他禮貌的頷首，章警官也瞥了眼落在地上的集點卡。

「家長都來看過了，也不知道怎麼辦，還有人推打家長。」章警官語重心長，「應該是先送往醫院做相關治療了。」

「能治嗎？」童胤恒狐疑。

「誰知道？但仍得按照程序，剩下的就看天意了。」章警官轉頭看向對面其他間，「我有交代鏡子不可以撤走，他們一定要在鏡子的世界裡。」

「但他們這樣不吃不睡會出事的吧？」一看就知道，他們的位置只有一張椅子啊。

「問題是只要撤出一面就會有怪異狀況產生，而且他們好多個人格一直在打

架，還沒有整合。」章警官指向監視器，「目前都盯看著，沒有一個人格可以維持十分鐘，專家看過，可能要等到某個人格主控全場才能稍微放心。」

當然，前提是那個人格還必須是好人。

「會有那麼一天嗎？」汪聿芃幽幽的看著所有被鏡子圈住的人，「他們在新世界很忙的咧。」

無數層的鏡子，無數次的「你是誰」，又有多少人格等著產生或被消滅？多少外在人格等著擠進那個身體裡？

永遠回不到身上的，大概就只有主人格了吧。

「走吧，有些問題要問。」看也看夠了，有些需詳盡解釋的問題必須釐清。

他們離開了偵詢室前，被鏡籠包圍的趙文凱突然停止了說話。

四個學生，不約而同的往上，注視著監視器的方向。

「咦？有異狀喔！」監視的員警出聲，「學生都站起來了。」

隔壁同仁即刻靠過來查看，發現四個學生同時挪開了其中一面鏡子，彎身拾起了地上的「都市傳說社集點卡」。

「我去報告長官！」同仁即刻衝出門，恰巧看見樓上走下的章警官，「長官！學生們有狀況！」

什麼!?汪聿芃比章警官還快的直接往前衝進了辦公室裡。

螢幕裡顯示著學生們手裡都拿著集點卡，從容的走回了椅子邊，還把剛推開的那面長鏡再拉回來，平靜的將自己再度困於鏡籠裡。

童胤恒也塞到監視螢幕前，四個分割畫面，分屬四個學生，他們揚高手裡的集點卡，再度對著監視鏡頭。

「這在搞什麼?」章警官嚴肅的問著童胤恒。

「我不——」

『你是誰?』聲音穿過大腦，巨大的麻痺感瞬間擴散全身!

童胤恒一個字都沒有辦法再說話。

『不如先問，』學生們面無表情的揮著手，『我是誰?』

下一秒，他們毫不猶豫的正首，一腳踏進了鏡子裡!

「咦咦咦——」警員們嚇得後退，忍不住失聲驚叫，「不見了!」

「去看!」章警官大吼著，轉身就衝了出去。

汪聿芃簡直目瞪口呆，她看著螢幕的分割畫面，眞的眨眼間一個人都沒有了，只剩下圍起來的鏡籠耶!

「童胤恒，你看到……了……」她向左看去，童胤恒撐著桌面，僵直著身

子，「童胤恒！」

二話不說她張開雙臂就是一個環抱加飛撲，用力將他撞倒在地。

「唔……」跌在地上的童胤恒有點疼，但總算是足以動彈了，「天哪！我第一次遇到這麼急速的漫延。」

汪聿芃一骨碌跳起，朝他伸出手，將他拉站而起，「聽見什麼了？」

兩個人即刻往候詢室的方向奔去。

「趙文凱的聲音，你是誰？不如先問我是誰？」童胤恒挑了眉，「有點不知道在說什麼。」

「說廢話啊，問他是誰的話——」汪聿芃戛然止步，「我們也是要說：你是誰？」

候詢室外一堆員警，門已打開，四間都有警察進去查看，說老實話就這麼小的空間，根本沒有任何躲藏的地方。

汪聿芃與童胤恒緩步走來，警察們已推開圍起的鏡子，不可思議的四處張望，學生眞的……進入了鏡子裡！

「別看我們，我們也不知道。」章警官一轉身，童胤恒即刻回應，「沒想過會有這種事啊！」

「唉！」章警官心急如焚，這下子該怎麼處理？

萬千頭緒麻煩上身，他疾步的離開候詢室，還有很多事要做。

汪聿芃仔細看著，集點卡也不存在，他們帶走了嗎？對著其中一面鏡子她泛起微笑，他們好像還挺喜歡她的集點卡嘛。

「妳說的果然沒錯，挑戰過的人都沒辦法寫下『你是誰』的都市傳說了。」童胤恒幽幽的說著，「因為根本沒有剩下的人，最知情的那位，還在等待下一個挑戰者。」

「就算有下一個挑戰者，重生的他們只怕也不會想寫出這件事。」汪聿芃望著他輕哂，「所以這就變成一個找不到例子的都市傳說了。」

童胤恒回頭看著其他候詢室，這已經不是他們能力所及之事了。

「走吧！我想章警官一時半會兒也沒辦法問我們問題了。」

汪聿芃頷首旋身——咦？

她在鏡子裡看見了警察、看見了自己，還看見了在鏡中鏡中鏡的某個遠方，多了一個熟悉的身影。

「我才不會問呢！」

尾聲

「蔡志友！誰准你放慢速度的！下去一點！」

馮千靜抵著蔡志友的背，區區伏地挺身都做不標準！

「呃……我、我不行了，學姐……」蔡志友直接放棄，雙手一鬆，癱趴在地。

「嘖！你們都太缺乏鍛鍊了，這樣不行！」馮千靜搖了搖頭，「到旁邊休息，五分鐘後回來！」

蔡志友有氣無力的撐起來，「再鍛練我也拼不過摔車啊……」

「誰說的！」隔壁的汪聿芃伏地挺身倒是很俐落，「可以在摔車瞬間飛上去，來個後空翻再完美落地！」

「下次妳做給我看！」馮千靜直接插話，「專心！」

呼……呼，現場就汪聿芃跟童胤恒做得最徹底，其他人紛紛投降，簡子芸光前面的跑步就沒合格，遑論撐到現在了。

毛穎德走了過來，看見倒一片的學弟妹，康晉翊、簡子芸、蔡志友跟小蛙，

「你們啊……體能是最基本，有了體能才能開始鍛練啊！」

大家連話都說不上來了。

做滿一百下，童胤恒率先收工，接著才是汪聿芃！

他們走到大家身邊喝水，雖說滿頭大汗，但依然不見一絲疲態。

「等等結束我們去唱歌！」汪聿芃還有空說話，「可以去唱歌了吧？簡子芸？」

簡子芸喘著氣，露出笑意，「我試試。」

「學長姐要不要去？」童胤恒回頭喊著。

「才不要咧！跟你們在一起會遇到都市傳說吧！唱個歌不是幽靈船就是什麼的！」毛穎德中肯的回應，「過來，開始練習了！」

「沒那麼衰啦！」汪聿芃嚷嚷著，朝馮千靜前頭走了過去。

其他人也都拖著身子往前，大家是來學防身術的，必須認命啊！

「施立紋也想來的，怎麼不讓她來？」蔡志友仍在調節呼吸，「多點人也不錯。」

「不要。」康晉翊斬釘截鐵，「我現在不會再收任何人了。」

簡子芸朝蔡志友使了眼色，現在的創傷症候群換成康晉翊，好不容易想信任人、感激人，結果卻全是心理變態的傢伙，還想燒死他們。

他沒把二社解散掉已經很忍耐了。

「不要說話！踢腿！」馮千靜大喝一聲，所有人一字排開，依著口令練習。

毛穎德亦協助調整姿勢，馮千靜一一檢視，停在汪聿芃身邊。

「妳！」她喬正重心，「下次看到夏天，幫我帶句話。」

汪聿芃轉了轉眼珠子，「我不是很常看到夏天學長耶……」

「不管，就有遇到時記得講。」馮千靜瞇起雙眼，「他最好就都不跟我們聯繫——」

殺氣！殺氣！汪聿芃緊抿著唇，點頭如搗蒜，「我一定轉達，保證不會忘！」

「嗯哼！」馮千靜頭一撇，往前走去，「換腳！」

童胤恒帥氣踢出一腳，他比較在意的是——除了趙文凱之外，到底還有多少黑粉？

說個近的，那位阿德呢？

關上熱水，阿德拉開浴簾，熱氣氤氳的籠罩著整間浴室。

他拿毛巾擦著頭，伸手抹開了滿是水蒸汽的鏡子，不免嘆了口氣。

莫名其妙的他的同學失蹤了！說什麼在警局裡憑空消失，走進鏡子裡？

「這根本……就沒有都市傳說啊！趙文凱，你們在搞什麼？」他不耐煩的重擊洗臉盆，「連阿風跟小綠也在家裡不見了，這簡直莫名其妙嘛！」

隨便擦乾身子，套上睡衣，最近他心情超悶，他們一掛厭惡都市傳說的人，就這樣不見了一堆！

走出廁所的他心有不甘，不爽的又折回來。

「我他媽就不信了！」阿德大步站到滿是霧氣的鏡前，伸手一抹，「你是誰你是誰你是誰你是誰你是誰你是誰你是誰你是誰你是誰？」

接下來是幾秒的沉默，他咬著牙不爽的一拳擊在鏡子上，低咒了一連串的髒話！

看著好朋友消失、又背著縱火的嫌疑，討厭的「都市傳說社」更加風生水起，心裡那是一整個悶啊！

無力嘆氣，轉身再度離開浴室，過幾天看見「都市傳說社」要公布「你是誰」的事件，他一定會更加不爽的。

砰砰。

在房間裡拿過吹風機的他愣住了，什麼聲音？

叩叩。這次換成敲擊聲了。

他狐疑皺眉，這聲音來自浴室？也太有節奏感了吧？

磅磅磅磅——連續的拍打音，讓他瞬間僵在原地——「誰？」

這時浴室又沒了聲音，靜得彷彿剛剛沒發生過事情，阿德狐疑上前，一步步逼近浴室……站在門口朝裡頭張望，沒有任何動靜啊。

那剛剛的聲音是來自……才剛轉頭，啪的聲音清楚傳來！正前方！

他倏而正首，直接步入浴室，鏡子裡映著走來的他……等等，不是他！不是他的倒影！

鏡子裡的人是——

「你是誰？」

後記

「你是誰」，是個感覺很吊詭、奇幻，又沒有什麼前因後果的都市傳說。重點是實在不好寫。

我仔細查過，這個源自於一個節目，但之前似乎都沒有相關的都市傳說，也不知道是節目做效果，或是將一些類似相關的都市傳說融合在一起。

總之，可供參考的資料實在少之又少，但又因爲媒體的關係使之相當有名，所以——那就隨便我寫吧（喂！）眞的只能這樣了啊（泣，因爲沒得參考，也沒有一定的都市傳說背景，所以自然就由我的想像力馳騁啦！想像力等於超能力嘛！）搭配一下現在超流行的網紅跟直播，可以讓「你是誰」不再侷限於電視節目中，每個人都能看得見，也都能聽見——請不要亂嘗試都市傳說啊，這跟禁忌一樣，總是有個我們不瞭解的源頭，沒人能保證會發生什麼事，好奇感興趣沒問題，但請勿輕易嘗試喔！

「你是誰」的都市傳說中，提到一個心理學，非常微妙，如果你看著一個字看很久之後，會覺得它越來越怪，變成不像那個字，這倒是眞的！但是看著鏡裡的自己很久，會覺得不像自己嗎？我試過了，我不會耶……怎麼會不認得自己是誰呢？所以如果這是都市傳說，自然就有無法、也不需解釋的事了。

有鑑於現在的社員，反抗能力上都稍微肉咖，就算有短跑冠軍、還有籃球校隊，但這只是在運動上有長才，對於打架或是制伏人實在經驗缺缺，更不要說康晉翊他們簡直文弱！

所以，親愛的學長姐應該要保護一下學弟妹嘛～因此這次客串出場！

我知道很多人很懷念第一部的小靜等人，也更喜歡那明快的個性，鮮明強烈的個性自然容易吸引人，幾乎都是如此，但是一直這樣強烈的個性，身爲寫作者的我會覺得厭膩。我相信也會有人看膩（第一部還沒結束時就有了我知道），首先是一樣的個性會帶出一樣的思考與行爲模式，也就是小靜不爽就動手了十二集，她還要繼續這樣十三十四十五十六嗎？洋洋夏天繼續遇到都市傳說就心花怒放？人是會成長的，就算是同樣的人，也會隨著成長而有不同的行爲模式，更別說畢業進社會後，大家要面對的是比都市傳說更可怕的事。

再來，郭岳洋等人的個性很獨特，但眞的不像我們一般人的反應，第一部背景是創社，開創本就需要勇敢大膽的人去衝鋒陷陣，因此夏天、郭岳洋他們的個性非常適合；但後人承接無力，除了風頭漸去外，也是熱情不足，一種漸弱的循環。

所以第二部的角色，我選擇貼近生活現實。如果是我們喜歡都市傳說、我們加入都市傳說社，我們能有多少熱情？我們面對都市傳說時又會有多少勇氣？

我自認我不可能像夏天一樣瘋狂，遇到都市傳說會發亮雙眸，我也不會看見有人因此喪生時還躍躍欲試，更別說如果是我確定可能遭遇到都市傳說，我應該會選擇閃躲。萬一，身邊有朋友同學因此離奇失蹤或死亡，我會直接退社。

更別說什麼出手或是格鬥了，我逃都來不及了！

所以第二部的人物，我覺得已經比眞實的強大很多了，至少沒有人逃，而且

被逐漸激發熱情，但卻是在恐懼與謹慎中慢慢的接近與學習。

我不知道多少人能跟角色一起成長，他們與創社元老們的個性上截然不同，能力上也不一般，比較的話對他們有失公允，重點是這次的社員——是正常如你我的普通人。好，汪聿芃眞的也是普通人，只是迴路不太一般，別覺得她多怪多欠揍，她可是有藍本的。

老話一句，眞實世界的人、事、物，比小說扯的太多了。FINE，看完後請不要眞的去試「你是誰」啊，不過要撐三十天實在也有點累ORZ。

當您收到這本書時，應該是我第兩百零三本出版品，我在今年二月達到出版兩百本囉！這兩百本可不含任何重新出版的作品喔，是實實在在的兩百本著作，所以我在八月四號辦了一個小小的慶祝會「200 Party」。

身爲一個寫作者，我覺得在這個冰凍書市的現在，能出版到兩百本是個里程碑，是個値得驕傲的事，代表著我不但能寫兩百本故事，還有出版社願意出版，且市場依然有接受度。這個行業是由市場決定淘汰與否的，我多年前早已爲被淘汰做好準備，但在這之前，就讓我繼續把故事說下去吧！

誠心的感謝購買這本書的您，購書是對作者最直接有效的支持，因爲有購書，才代表作者有市場，出版社才會願意繼續出版。

所以，沒有你們，我就不可能走到今天。眞的眞的太愛你們了！

覺得幸福的笭菁

2018.07.20

國家圖書館出版品預行編目資料

都市傳說 第二部 6：你是誰 / 笭菁著.--初版.--台北市：奇幻基地出版；家庭傳媒城邦分公司發行；2018.08（民107.08）
面：　公分. –（境外之城：85）
ISBN　978-986-96318-8-4（平裝）

857.7　　107011170

ISBN　978-986-96318-8-4
Printed in Taiwan.

※ 本故事內容純屬虛構，如有雷同，純屬巧合。

境外之城 **085**

都市傳說 第二部6：你是誰

作　　者／笭菁
企畫選書人／張世國
責 任 編 輯／張世國

發　行　人／何飛鵬
副 總 編 輯／王雪莉
業 務 經 理／李振東
業 務 主 任／范光杰
資深行銷企劃／周丹蘋
資深版權專員／許儀盈
版權行政暨數位業務專員／陳玉鈴
法 律 顧 問／元禾法律事務所　王子文律師
出版／奇幻基地出版
城邦文化事業股份有限公司
台北市 104 民生東路二段 141 號 8 樓
電話：(02)25007008　傳真：(02)25027676
網址：www.ffoundation.com.tw
e-mail：ffoundation@cite.com.tw
發行／英屬蓋曼群島商家庭傳媒股份有限公司城邦分公司
台北市 104 民生東路二段 141 號11 樓
書虫客服服務專線：(02)25007718・(02)25007719
24 小時傳真服務：(02)25170999・(02)25001991
服務時間：週一至週五09:30-12:00・13:30-17:00
郵撥帳號：19863813　戶名：書虫股份有限公司
讀者服務信箱 E-mail：service@readingclub.com.tw
歡迎光臨城邦讀書花園 網址：www.cite.com.tw
香港發行所／城邦（香港）出版集團有限公司
香港灣仔駱克道 193 號東超商業中心 1 樓
電話：(852) 2508-6231 傳真：(852) 2578-9337
馬新發行所／城邦（馬新）出版集團
【Cite(M)Sdn. Bhd.(458372U)】
11, Jalan 30D/146, Desa Tasik,
Sungai Besi, 57000 Kuala Lumpur, Malaysia.
電話：(603) 90578822　傳真：(603) 90576622

封面內頁插畫／豆花
封面設計／邱宇陞工作室
排　　版／極翔企業有限公司
印　　刷／高典印刷有限公司
■2018 年（民 107）7月31日初版一刷
■2023 年（民 112）12月22日初版10.5刷

售價／300元

廣　告　回　函
北區郵政管理登記證
台北廣字第000791號
郵資已付，免貼郵票

104台北市民生東路二段141號11樓

英屬蓋曼群島商家庭傳媒股份有限公司城邦分公司 收

請沿虛線對摺，謝謝

每個人都有一本奇幻文學的啓蒙書

奇幻基地官網：http://www.ffoundation.com.tw

奇幻基地粉絲團：http://www.facebook.com/ffoundation

書號：**1HO085**　　書名：都市傳說　第二部6：你是誰

請於此處用膠水黏貼

讀者回函卡

謝謝您購買我們出版的書籍！請費心填寫此回函卡，我們將不定期寄上城邦集團最新的出版訊息。

姓名：________________ 性別：□男 □女

生日：西元________年________月________日

地址：________________

聯絡電話：________________傳真：________________

E-mail ：________________

學歷：□1.小學 □2.國中 □3.高中 □4.大專 □5.研究所以上

職業：□1.學生 □2.軍公教 □3.服務 □4.金融 □5.製造 □6.資訊

□7.傳播 □8.自由業 □9.農漁牧 □10.家管 □11.退休

□12.其他________________

您從何種方式得知本書消息？

□1.書店 □2.網路 □3.報紙 □4.雜誌 □5.廣播 □6.電視

□7.親友推薦 □8.其他________________

您通常以何種方式購書？

□1.書店 □2.網路 □3.傳真訂購 □4.郵局劃撥 □5.其他

您購買本書的原因是（單選）

□1.封面吸引人 □2.內容豐富 □3.價格合理

您喜歡以下哪一種類型的書籍？（可複選）

□1.科幻 □2.魔法奇幻 □3.恐怖 □4.偵探推理

□5.實用類型工具書籍

您是否為奇幻基地網站會員？

□1.是□2.否（若您非奇幻基地會員，歡迎您上網免費加入，可享有奇幻基地網站線上購書75 折，以及不定時優惠活動：http://www.ffoundation.com.tw/）

對我們的建議：________________

____

____

請於此處用膠水黏貼